贝页

ENRICH YOUR LIFE

World of Wonders

In Praise of Fireflies, Whale Sharks, and Other Astonishments

六角恐龙的微笑

[美] 艾梅·内茨库玛塔尔　著
Aimee Nezhukumatathil

王巧俐　译

文汇出版社

艾梅·内茨库玛塔尔（Aimee Nezhukumatathil） 著

　　诗人、散文家，在密西西比大学教授英语和创意写作硕士课程。已出版诗集《海洋》《幸运鱼》《火山》《奇迹水果》。获得密西西比艺术与文学学院奖，以及由古根海姆基金会、美国国家艺术基金会、《诗刊》杂志、文学杂志《锡屋》等给予的荣誉，并荣获英语文学著名奖项手推车文学奖。

Fumi Mini Nakamura 绘

王巧俐 译

　　山东大学比较文学与世界文学博士，现任教于成都信息工程大学，出版有《花花草草救了我》《应向花园安放灵魂》等十余部译作。

黄金树 | catalpa tree

风拍打着黄金树硕大的心形叶……这些叶子会
带来"热烈的掌声"

萤火虫 ｜ firefly

萤火虫明灭闪烁，那是打向夏日夜空里的
舞台灯

含羞草　|　touch-me-nots

当你用手轻轻碰触叶片时，叶片会打个战……
生怕泄了密似的

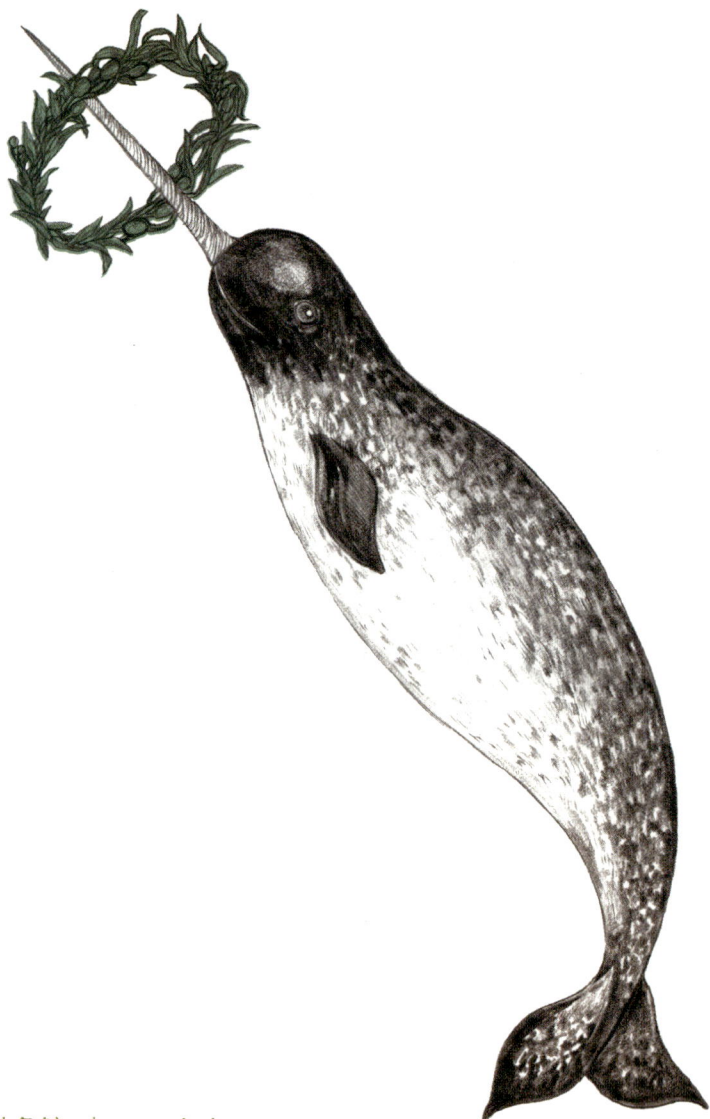

独角鲸 ｜ narwhal

一直往下潜，它们可以在海平面以下约
5000 英尺的地方生活

六角恐龙 ｜ axolotl

断肢就像一株多年生植物似的迸发出新的嫩芽……荒芜的
土地上竟冒出了番红花浅色的小嫩芽

跳舞蛙 | dancing frog

它跳起舞来生龙活虎，踢腿的动作胜过任何
一个跳康康舞的姑娘

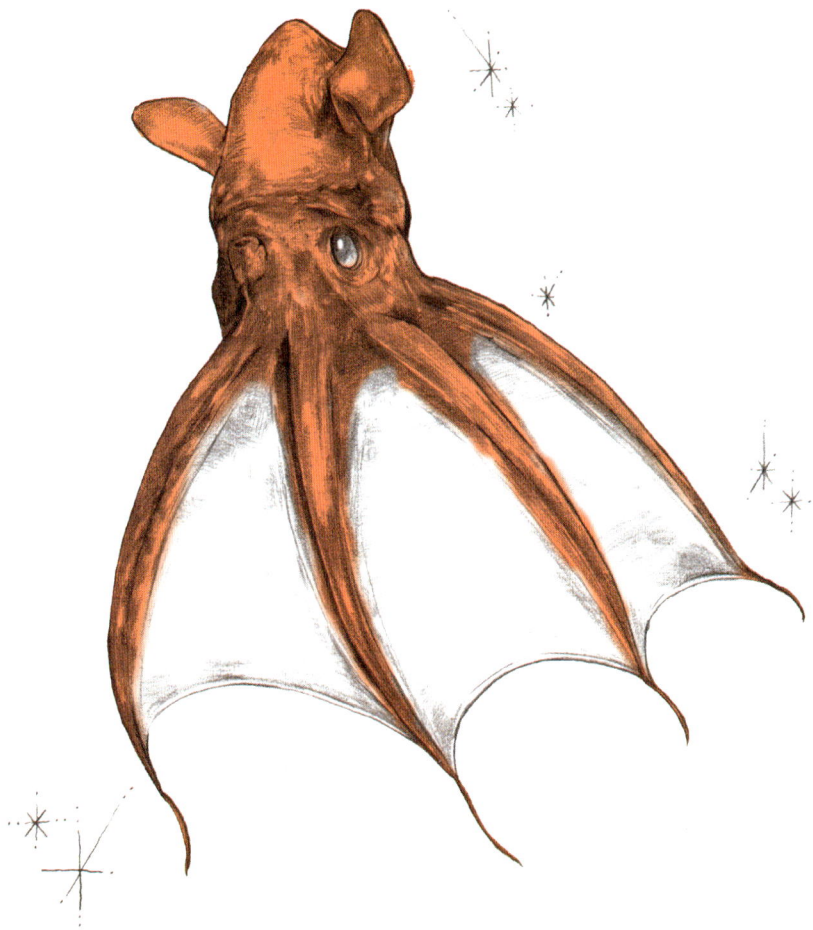

幽灵蛸 | vampire squid

感受到了威胁或者想要溜走，它会通过一场
绚丽的表演来有效达成目的

巨魔芋 | corpse flower

佛焰苞，就像巨魔芋的裙摆……褶边看起来
像一块毛乎乎的天鹅绒

鲸鲨 | whale shark

比校车长，比校车宽，比装满人的校车还要重……只吃
浮游生物和小虾，它的喉咙只有一枚硬币那么大

林鸥 ｜ potoo

闭上硕大的眼睛，脑袋朝树的方向歪斜着……模仿出像
一截断了的树枝一样的姿势

章鱼 | octopus

脑袋就在眼睛后面，实际上，那不是脑袋，
而是章鱼的身体

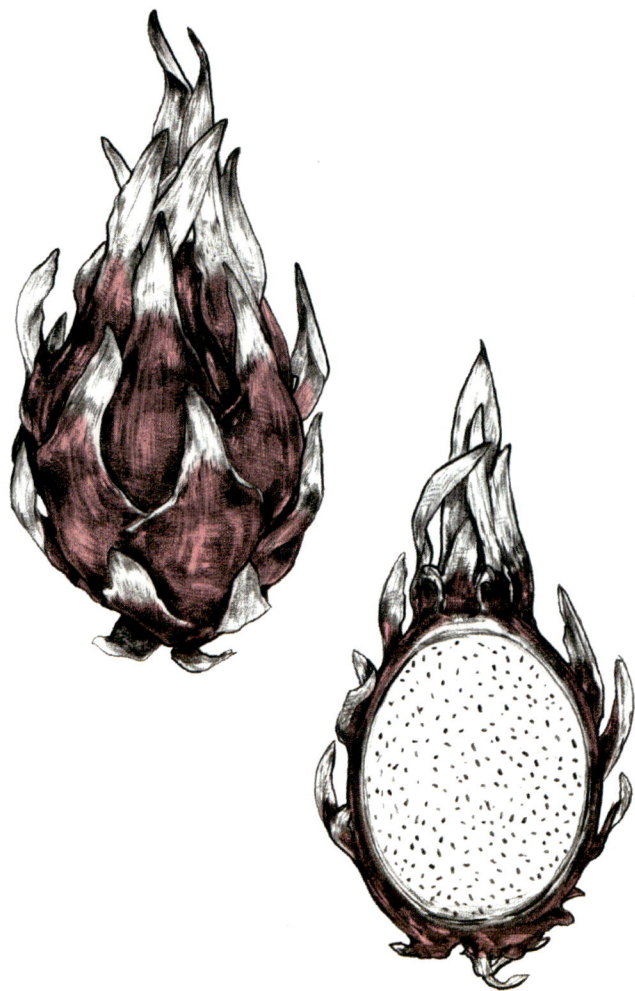

火龙果 | dragon fruit

尽管火龙果的名字听上去有一种躁动的感觉，
尝起来却像最娴静的甜瓜

五彩鳗 ｜ ribbon eel

它探出头来，嘴巴张得大大的，一副欣喜
若狂的模样

华美极乐鸟 ┃ superb bird of paradise

上一次你像华美极乐鸟一样跳舞是什么时候？
你是自由自在、无拘无束地跳的吗？

食火鸡 ｜ southern cassowary

黑色羽毛就像顶在一双腿上的黑色假发套……气球似的
焦糖色眼睛让你想起六岁小孩的涂鸦

帝王蝶 ｜ monarch butterfly

就算有翅膀，也不一定能顺利飞翔

目　录

黄金树

堪萨斯州西部的黄金树可以给两个棕皮肤的小女孩撑起一把碧绿的遮阳伞。我们走在美国中西部的烈日下，妈妈总会嘱咐道："别晒太黑了，别晒太黑了。"每天放学后，校车会在拉尼德州立医院停靠，让我和妹妹下车；每次当车驶离时，所有同学都会盯着我们看。到了医生宿舍，我会用系在纱线颈链上的钥匙打开门。进屋后，我们会自己找零食吃，乖乖地做数学和拼写作业，一直等到妈妈打电话叫我们去办公室找她。这通电话意味着十分钟后她就可以下班了。于是，我们关掉电视，赶紧穿上塑料凉鞋，走上一个街区的距离，到达医院的行政大楼。宽阔的草地上伫立着一棵棵黄金树，一路守护着我们走向妈妈的办公室。

我和妹妹都知道，得离精神病院住院部的围栏远一点，因为住院病人有时候会获准出来打篮球，与外面就隔着三层铁丝网。不过，偶尔我骑栗色变速单车经过，也会看看他们，有时候，还有病人朝我挥手。

黄金树是高大的落叶乔木，高近60英尺①，垂下长长的豆荚，扁平的种子两侧仿佛长着翅膀，便于飞翔。有些人看到这些长长的豆荚，会把黄金树叫成雪茄树、凌霄花或者楸树 。黄金树可以帮你测试风力——风拍打着黄金树硕大的心形叶，那些微曲的叶片，可不就像20世纪50年代电影中输了第一次赛车比赛，还洒了奶昔的卷发淘气男孩么。在微风习习的日子里，这些叶子会带来"热烈的掌声"。因而，将黄金树种得离房子太近是个隐患，但也许有人认为这点儿麻烦算不得什么，因为黄金树木材可以用来制作音色很棒的吉他。谁敢挑战平原上这些黄金树的"飒飒歌声"呢？

黄金树的"歌声"引来了斯芬克斯蛾，它在树叶上一次

---

① 1英尺约为30厘米。——编者注

就能产下大约500个半毫米大小的卵。斯芬克斯蛾只吃黄金树树叶，如果放任不管，孵化后的毛毛虫会把一棵大树的树叶吃得精光。生活在中部大平原的小孩都知道，这些毛毛虫可以换来不少零花钱。斯芬克斯毛毛虫（也被称为"鲶鱼饵"）是昂贵的鱼饵，下水后，会引来鲶鱼和蓝鳃太阳鱼的一通猛吃，它们对于毛毛虫突然出现在水里一事似乎压根儿就不会起疑。

有时候，我和妹妹去找妈妈前，会把各自的硬币凑起来，去妈妈办公室大厅的自动售货机上买东西。1986年，我们花掉宝贵的35美分买了一块布朗尼蛋糕。说它宝贵，是因为我们的零花钱很少，而且也不是常常都有，所以我不能指望用零花钱买一堆橡胶手镯戴在手上模仿麦当娜，我也买不起99美分一个的冰雪皇后冰激凌三明治，更没办法省下钱再买一双彩色塑料凉鞋。在那个宁静的小镇上，大家都知道我们是新来的医生的女儿，不过妈妈才不会溺爱我们呢，我们跟她好多同事的孩子不一样，他们有六七双最新款的高帮运动鞋，有的孩子甚至已经在讨论他们人生中的第一辆豪华跑车了。那个时期，于我们而言，奢侈的概念就是偶尔在某个下午，我和妹妹发现我们的钱刚好可以买一块布朗尼蛋糕一起分享。

我们跟接待员打过招呼后，乘电梯上楼，经过病人的台球桌和休息室，然后笑着跟母亲打招呼，嘴上还沾着巧克力。"小心蛀牙，小心蛀牙！"母亲啧啧地对我们表示不满，同时放下手头的事情，对我们又抱又亲。直到多年后，我才明白，母亲是怎么熬过她的一天的。她的那些病人经常带着种族歧视高声奚落她，还有暴力恐吓、语言威胁，比如"滚蛋，黄皮佬！"或者"我要亲手掐死你！"。

我难以想象她是如何应对那些人对她细微而隐蔽的歧视的。他们跟她说听不懂她的口音，对她大声说话，语速缓慢，就像她是个听不懂话的孩子似的。而实际上，她是班级里在毕业典礼上致告别辞的最优秀的学生，是从家乡菲律宾北部小村庄里走出来的第一个医生。但我母亲总是保持冷静，无论是重复给病人的建议，还是整理、提交报告，她从不发脾气。

母亲是如何把这一切抛在办公室，调整心情去倾听她五年级和六年级的女儿的废话的？她听我们说操场上的闹剧，说我们被同学瞧不起，说我们的胜利。我记得，无论是在回家的路上，还是到家后她换下时髦套装为我们准备热气腾腾的饭菜时，她都不谈工作。我只知道，她一直忍辱负重，因为在她洗澡或者刷牙时，我会偷偷溜进她的房间翻看她的日记。要不是那样，我永远都不知道那一年里她忍受了些什么。

30年后，我走在密西西比最高大的黄金树下。这棵树就在我现在任教的密西西比大学著名的林荫道上的中心位置。这棵黄金树水平伸展的树枝长度几乎有一辆公共汽车那么长，必须从几个方向将其用金属架撑住，以防有些开始腐朽变软的枝条落下来，砸到一个毫无防备的女生身上。

对我来说，黄金树那长达一英尺的叶子总是可以为我遮挡住骄阳和好奇的目光。搬到南方后，我心想以后得经常好好利用这些硕大的树叶了，然而没想到生平第一次，我却用不着这些叶子了。我的孩子们每天都能看到除我以外的其他棕皮肤人，这对他们来说也是生平第一次。在南方，没有人盯着我看；我的父母来我家做客时，没人盯着他们看；他们住在中佛罗里达，在那里也没人盯着他们看。

父母退休后，在后院打造了一个精致的花园，种了一些果树，这些果树的叶子比黄金树小多了，他们每天的一大乐事就是散步后照料这些果树，拽掉枯叶、折断枯枝，他们仔细修剪树木，比给我剪的任何发型都要整齐。每次去看望他们时，我的一大乐趣就是和母亲一起在果树间散步，她每次都会说起自我上次走后发生的跟树有关的趣事，比如，"真不敢相信，上次刮飓风，这棵树上所有的花都被吹掉了！唉，太可惜了，今年没有杧果吃了。就是这棵树，这棵树上的万代兰长得最好，你还记得吗？我跟你爸说过，那些鸟会把这棵树上的东西吃得精光，可他就是不听，你能想象他多顽固吗？"

在校园里，每次经过那棵巨大的黄金树时，我都会想起曾经那个腼腆的六年级小学生，人们盯着她看的时候，她是多么紧张。不过我又想起了每次母亲下班，带着我和妹妹回家时，她自信地踩着高跟鞋咔嗒咔嗒地走着，对于别人盯着我们看，母亲似乎一点儿也不介意，或者也没有注意到别人在看。我还记得我们闯进她办公室时她灿烂的笑容，我们讲起学校午餐时的事情和体育课上的闹剧时她爽朗的笑声。如今，在快步走着去给学生上第一节课时，我也听到了自己高跟鞋的声音。

清晨，校园里的黄金树开出了淡黄色的花朵。才上午九点，就已经又闷又潮了。刚搬来密西西比州的这一年里大风天很多，我们已经收到了两三次龙卷风警报，即便如此，黄金树的花朵依然盛开着。我从那棵大树下经过，留意着，如果我需要一片叶子来挡住自己，哪些树叶可以完全遮住我的脸。有时我不想透露自己的名字，我想躲开这些问题："你是干什么的？""你是哪里人？"我继续走着，我的学生在等我。我可爱的南方学生，坚持唤我"夫人"，我怎么温柔地抗议都没用。我迫不及待想看到他们美丽的面庞。

萤火虫

当夏夜里闪现萤火虫的第一束微光时，我总想给母亲打个电话，向她问个好。萤火虫的标记是一件柔软的电衣，是公路边沟渠里一朵喷薄的小火焰，那覆在后翅上的鞘翅抬起，就像轻巧的皮革，比其他甲虫的都更柔软，更有弹性。飞行的萤火虫，就像只在夏日里才会有的孩子的开怀大笑，伴着街上某个地方飘来的烤肉味，街坊邻里的孩子们嘴上沾着冰棒汁，开心地玩着球或者捉人游戏，兴奋得合不拢嘴。

过去，我们一家人休假结束，驱车返回纽约西部乡村时，我常常会看到萤火虫。我父亲喜欢在夜里赶路，避开白天炫目的阳光和暑热。我和妹妹盖着毯子坐在后座，中间隔了一个大冰柜。一路上我时睡时醒，听到父母在前排愉快地低声交谈，更觉惬意。有时我试着去听他们在说什么，但车窗外那些一晃而过的模糊变幻的闪光，总让我无法集中注意力。

每年六月的几个星期里，在大烟山，北美唯一一种同步萤火虫会聚集在一起，进行一场炫丽的表演。多年前，我们做过一次次漫长而艰苦的公路旅行，其中有一次我们就停留于此地。父亲懂得把车停在远离大山的位置，那是一座青翠得出奇的山，下面就是辽阔的山谷，山谷里长满了延龄草、欧洲酸樱桃和桤叶荚蒾。他还晓得用一只红色的袋子套在我们的手电筒上以免惊动萤火虫。暮色降临后，他带着妻子和正值青春期的有点孤僻的女儿走过深蓝色的山间，手电筒只照向地面。我承认，一开始我想回到酒店的空调房内——去哪儿都行，就是不想走在这条孤零零的碎石小路上，听着黑夜里传来牛蛙怪异的聒噪声。但现在，想到我和妹妹成年后都各自有家，不在一处，不由得对那些全家出游的日子心生感激。在那些日子里，我们能一起出门，走遍世界。

假期快结束的时候，母亲就总是没什么耐性了，但我知道，对她来说，假期中与家人度过的每一天都是甜蜜而珍贵的。我多么怀念假期中那些悠长的白昼和那些更悠长的夜晚啊！夜晚时分，母亲不慌不忙地挑选着我们的荷叶边睡衣，说说笑笑，聊着白天的观光和我买的廉价小饰品。她会帮我掖好被子。她俯身吻我并道晚安的时候，那一头浓密乌黑的卷发挠得我直痒痒，她身上散发着玉兰油护肤霜和薄荷口香糖的味道。

只有在那些旅行中，我才能体会到她的这般温柔，当她帮我把刘海捋到脸颊边时，我感受到了一个母亲给女儿的安详的抚慰。早晨，她不用匆忙赶着我们姐妹俩搭乘校车，她自己也不必着急上班。当母亲再也不在身边的时候，我知道，我会一遍遍回味那薄荷味和护肤霜的香气，把那芬芳与美和爱联系在一起。我会一次次重温那些我们疾驰（其实并非"疾驰"）在回家路上的夏夜。我真想再坐回那辆奥兹莫比尔车里，就像草蛉夜夜扑向我的门廊灯一样，让自己回到当年的小家——那时家里人还不多，就一个妹妹，一对双亲。

萤火虫

从小到大，我身边都有一群研究靛蓝彩鹀的科学家。这种鸟儿的蓝色羽毛无与伦比，美得惊人。它们依靠北极星辨别方向。这群科学家试图在一个漆黑的房间里，用一颗假星星来诓骗它们，但这些彩鹀大都不会上当。一被放出来，它们又跟往常一样找寻回家的路。彩鹀将北极星铭记于心。它们在生命的第一个夏天里就学着寻找北极星了，并将这些知识存储起来，以便数年后首次学习迁徙时派上用场。在还是雏鸟的那些夜晚，依偎在鸟妈妈的身下向外望去时，它们定然是数小时执着地凝望着那颗星，璀璨的星光令它们一动也不动。

明亮的光芒让彩鹀坚定不移，萤火虫却会轻易上当。一辆车的前灯灯光经过，它们在此后几分钟内的闪光节奏就都会被打乱。有时，它们甚至需要几个小时来重新校准它们的闪光模式。在这种无线电静默①中到底丢失了什么？哪些信号被错误解读抑或全部丢失了？门廊灯、卡车车灯、

---

① 无线电静默是指因为安全、保密或其他理由，某一区域固定式或移动式的无线电发射设备不发送信号。此处指萤火虫受到干扰，不再发出闪光信号。——编者注

建筑物灯光和刺眼的路灯让情况变得复杂，阻碍了萤火虫发出爱的闪光信号——这意味着，来年的萤火虫幼虫数量会减少。

这些萤火虫是如何做到同步闪光的，为什么会同步闪光，科学家们各执己见。也许是雄性之间的竞争使然：它们都想成为第一个把信号发到山谷那边和甜茅草对面的萤火虫；也许它们同时发光的话，雌性萤火虫就能更好地判断谁的光更明亮、更闪耀。不管出于什么原因——尽管，或者更确切地说是因为，现在大烟山中冒出了一拨拨游客——萤火虫再也不会整晚同步发光了。有时候它们会短暂地同步闪几次光，然后突然隐匿在黑暗中，让人意犹未尽。萤火虫还在，但它们悄悄飞行或者停在草叶上，你看不见它们。也许是一位游客忘记调暗手电筒，也许是他们驾车驶过时车灯亮得太久，引发了萤火虫如此的抗议。

萤火虫的卵和幼虫具有生物发光性，而且幼虫会自行捕食。它们会发现蛞蝓或蜗牛留下的黏液痕迹，并一路追踪，找到滋润多汁、毫无防备的猎物。现在人们知道，所有种类的萤火虫幼虫都能追踪较大的猎物，比如蚯蚓。就像老惊悚电影里烛光下的恐怖追踪似的，萤火虫幼虫会一路追踪猎物，跟到黏滑的池塘边，它吞食挣扎的虫子时，身体会发出光脉冲。有些萤火虫幼虫完全生活在水下，当捕食水生蜗牛时，它们在水下兴奋地闪烁着。

身为甲虫的萤火虫拥有悠长而充实的一生——能活两年左右——不过大部分时间都是在地下度过的。它们在地下尽情地吃吃睡睡，好不惬意。然而，当我们能够看到这些小小的萤火闪烁时，它们通常只剩下一两周的寿命了。我小时候就知道这一点——别人常常看见我绕着杂乱的草地慢吞吞地转悠，磨磨蹭蹭，并不着急进屋吃晚饭——这让我很感伤，即便眼前的它们依然明亮闪耀。我不敢相信，如此闪亮的生命那么快就要消逝了。

我知道，余生的岁月里我还会继续寻找萤火虫，即便它们在一年年地逐渐减少。我还是不能自已。萤火虫明灭闪烁，那是打向夏日夜空里的舞台灯，仿佛在说：我还在这里，你也在，我还在，你也在，我在，你在……反反复复，如此这般。也许我可以努力实现这一幕。也许我可以将那些与家人共同度过的夏夜存放进一只空的果酱瓶里，在瓶盖上戳几个孔，塞一根树枝和几缕草进去。在那些不可想象的未来的夜晚，我知道，在我最想念母亲的时候，我会把这瓶子发出的可爱光芒视作一盏夜灯，让它为我带来一丝清凉和几许安慰。

孔雀

那年我八岁，刚从第一次南印度之旅归来。那段时间里，我彻底迷上了孔雀——印度的国鸟——尽管在我祖父母的院子里，每天早上都有流浪的孔雀在嘶鸣，叫声凄厉，就像猫咪爬过有图钉的地面时所发出的声音。那年我读三年级，当老师宣布要举办一场以动物为主题的绘画比赛时，我的脑海里立刻就浮现出孔雀那蓝绿色玉石般的羽毛和弯曲、靓丽的蓝脖颈。我坐在课桌边，得意地抖着腿，我当然知道自己要画什么了。

那时，我们刚从艾奥瓦州的一个小镇搬到凤凰城郊区，我是班上唯一一个棕皮肤女孩。老师第一次向同学们介绍我时，大家都目不转睛地盯着我看，尽管如此，当看到教室里有各种肤色的同学时，我还是感到特别开心。看到他们去图书馆找动物书了，我问老师我可不可以留下来开始画画。她在包里摸索着，我看到了一包香烟。"不，你不可以。我们要同时开始。"她说。于是，我走进图书馆，浏览书架上的书，可是找不到有关孔雀的书。我的同学们选择了各种各样的小狗、小型爬行动物和小猫。我在我的笔记本上小心翼翼地写下："孔雀是印度的国鸟。"这时打铃了，我们又回到了教室。

老师在过道上来回走着，检查我们的作业。她走到我的课桌前，停下脚步，我闻到一股烟味，听到她发出一声叹息。她那涂成栗色的长指甲在我笔记本上敲了两下，可我不知道这是什么意思。等我们开始在厚厚的白色图画纸上作画时，我一开始就涂了一大片青色和紫色。我用黑笔勾勒出孔雀的大眼睛，就像画了眼线一样。纸上其余部分我画满了孔雀羽毛，还有几十只蓝紫色的眼睛。我看到旁边同学正在画的那一页几乎全是空白，上面只有一根波浪线：那是一条蛇。

老师继续在一排排课桌间走来走去，说道："我们有些人把作业搞错了。"她走到教室前方，清了清嗓子。"有的人必须重新画，画美国的动物，因为我们生活在美——国！"此时此刻，她就看着我。我的脸唰地红到了脖子根。"画好了的同学可以把作业交上来，放到我桌上，开始做你们的数学作业。艾米……"全班同学齐刷刷地转过来看着我，"看来你需要重画一次！"

我把画纸翻过来，用力地眨着眼，以免眼泪掉到画纸上。她以为美国就没有孔雀吗？之前有一年夏天，我在圣地亚哥动物园就看到了孔雀；有一次我父亲还告诉我，在迈阿密，人们甚至为孔雀封锁了马路，在那里的郊外，人们可以看到孔雀在草地上漫步。

我重新取了一张画纸，灰溜溜地回到座位上，开始画我能想到的最具美国特色的东西：一只鹰栖息在悬崖的一根树枝上，鹰巢保持着恰到好处的平衡，巢里面露出两枚蛋来。我知道我画的鹰巢看上去就像一篮子复活节彩蛋，但我不在乎了。我只想快点画完，别再让同学们盯着我看。我用颜料盒里最老气的深褐色蜡笔给翅膀涂色。交作业之前，我又添上了一面美国国旗——简直跟挂在学校外头的那面一样大——旗杆就插在树枝上。这幅画看上去一点儿都不自然，我把国旗画得比鹰巢大太多了，太不自然了。当然，即便在那个时候，我也知道鹰巢很大——跟一头大象差不多大——但我不想听到她再问我问题了，所以我也没吭声。

那天回家后，我窝在沙发里，目不转睛地看着电视。父亲喊我去吃饭，我说不饿。他走到客厅里来喊我去吃饭，我突然发作了："我们干吗弄得满屋子都是孔雀？木头孔雀、黄铜孔雀，还有孔雀画——太丢人了！"我父亲什么都没说，走出客厅，同时轻声说："你的饭要凉了。"不过，第二天，家里所有的孔雀都不见了。真的，是所有的孔雀都不见了，除了我们的月历。月历上有12只孔雀，那些孔雀站在瀑布前、博物馆前、布干维尔岛上的一面墙前，有白孔雀、雌孔雀和小孔雀。只有月历还在，月历上的小方格和一双双望着我的大眼睛记录了我们那一年的时光。

过了几周，在宣誓仪式①后，老师宣布了画画比赛的

① 美国的爱国主义教育，从小学乃至幼儿园时期开始，学生们就被要求向美国国旗宣誓效忠。——译者注（如无特殊说明，本书注释均为译者注）

结果：我那幅荒谬可笑的、爱国热情泛滥的老鹰画得了第一名。这幅画将陈列在校长办公室外面的玻璃奖品展柜中。我去上课的时候，总是从展柜前匆匆跑过。

我以前是一个喜欢画画的姑娘。我喜欢颜色，喜欢新鲜的蜡笔。我总是羡慕那些有64色蜡笔的女孩，却只能用自己的24色蜡笔凑合着画画。我喜欢画画，可是自从那场比赛后，一直到成年，我再也没有画过一只鸟，连涂鸦都没有。

就这样，我学着去忘记来自印度的一切。我离开印度的前一天祖父为我精心收集的孔雀羽毛，被我藏在橱柜后面，而不是插在白色梳妆台上的花瓶里，现在羽毛已落满了灰尘。多年来，我就是这样假装讨厌蓝色的。但孔雀对我的意义在于，它让我想起我有这么一个家，一个我一生中既要远离又要回归的那个家：我最喜爱的颜色是孔雀蓝。我最喜爱的颜色是孔雀蓝。我最喜爱的颜色，就是孔雀蓝。

水母

    谁会想到把纯玻璃手镯送给一个四岁小孩呢？我的印度祖母一定是觉得送我手镯的时机到了。当我打开她寄来的首饰盒时，眼睛瞪得跟硬币一样大！我立刻就喜欢上了这份礼物：手镯是深邃的红蓝紫三色；当我把细细的手腕举到阳光明媚的窗前时，它折射出令人惊叹的五彩斑斓的颜色；当我跑起来时，它叮当作响，清脆悦耳——芝加哥的冬日里，我的手镯高调地叮当作响，闪着夺目的光彩。屋外，积雪堆得比一个穿雪地靴蹒跚学步的小孩还高。父亲把我们屋顶上的积雪铲掉，以免压垮屋顶。屋里，我有我的手镯。我从一个房间跑到另一个房间，就为了听它的响声。"你慢点，你慢点，"妈妈说，"手镯摔碎了会划伤你。"

水母

当我终于跑累了，我就会躺到客厅地板上，聆听冬天里各种奇怪的声音：冰柱从排水沟边缘滑落时发出的咔嚓声，给室内盆栽浇水时冻干的土壤中蛭石发出的吱吱声。我把手镯举得高高的，对着天花板上的灯，这样我就在房间里造出了一道彩虹——一个小小的玻璃手镯居然如此神奇——头一次，儿时的我手上发出了如此灿烂的光芒。

成年后，我仍然对晶莹夺目的色彩深深着迷。大自然中某些最璀璨的"灯光秀"，并非在陆地上或者空中上演，而是在大海中。栉水母在水中漂游时，成千上万根纤毛划动，闪烁着，制造出一道道迷你彩虹，即便在最黑暗的极地海洋和热带海洋中也能见到它们的身影。它们的流光溢彩吸引了整个美洲东部沿海的人们。他们将核桃大小的栉水母捧于掌中。不过，请别这样做！大多数栉水母都非常脆弱，比最薄的隐形眼镜还要薄，它们甚至会在你的掌中融化掉。如果你想近距离观察栉水母，就把它舀进一个干净的杯子里看吧。当然，看完后请轻轻地放回海里。

栉水母十分温柔，并不蜇人，实际上它也不是真的水母。栉水母属于另一个门类——栉水母类。小的栉水母只有一粒米那么大，大的宽达4英尺——理论上讲，这么大，足以吞下一个胖胖的二年级小孩了。不过栉水母不会这么做，因为它们太忙了，忙着在水中划动头发似的纤毛，忙着吞食各类鱼卵和其他的栉水母。

在水族馆里看到栉水母时，我回想起第一次把玻璃手镯举到灯下的情景。我总是被五颜六色亮晶晶的东西吸引——那是欢乐的呼喊——我想，我被那些颜色吸引还有一个原因，那就是地球的另一边，有人把那对手镯，那么娇气的易碎品，在我那么年幼的时候就交托给了我。那个水下世界多美啊！栉水母将无数彩虹悬挂在海水中，而不是天空中，有时它们潜得如此之深，闪烁明灭，只有像琵琶鱼、吞噬鳗这类黯淡的生物才会注意到；在短暂的瞬间，这些生物或许会想象一下雨后被太阳照暖的美妙之感。

含羞草

　　芝加哥植物园现有的大约150万株植物中，最让儿时的我感到害怕和开心的就是含羞草。你也可以根据你的喜好，称之为敏感草、害羞草、谦逊草、挠痒草，以及我最喜欢的名字——睡觉草。在我父亲的方言马拉雅拉姆语中，含羞草被唤作"托塔瓦地"（*thottavadi*）。如果你是一个爱捉弄人的二年级学生，你给一条害羞的金鱼起这个名字，或者某天放学后你偶然发现一只孤独的兔子，你管它叫这个名字，或者仅仅是在郊外骑车时大声喊出这个名字，都会觉得特别逗。为什么会对一种绿色植物大惊小怪、兴奋不已呢？且听我来向你絮叨含羞草惹人喜爱的羽状复叶，复叶向外张开，然后两边顺着一根叶柄向内收拢。含羞草的球形浅粉紫色花朵只在夏季开放，看上去就好像有人在小马宝莉玩偶身上放了一朵小小的烟花，但它最重要、最奇妙的特点是，当你用手轻轻碰触叶片时，叶片会打个战，然后迅速合拢，就好像一个人生怕泄了密似的。

科学家已经得知，含羞草的叶片受到碰触后，细胞会释放出钾离子，导致细胞内的压力显著降低，叶片垂下来，就好像含羞草在打瞌睡一样。这种优美的运动被称为"触发运动"，当含羞草上的木蠹蛾虫和蛛螨以为可以享用美餐时，触发运动使它们全都跌落在地。

含羞草原产于中美洲和南美洲，但在佛罗里达州的马路边和遥远的马里兰州北部也能看到。在手工艺品商店里，我看到过含羞草的种植套装，我父母觉得很有趣；在印度和菲律宾北部，当地人将含羞草视为杂草。那些决定把含羞草种在自家院子里的人可真遭殃了。我们最好把含羞草看成一种奇异的室内盆栽，这就够了。不过，要是你发现自己正与毒蛇共舞，含羞草倒是可以用作毒液的中和剂。然而，含羞草的繁殖和生根速度有多快，你才不想去操心呢。我见到好多花园和绿化带的告示栏上都贴满紧急招募

含羞草

的启事，请人帮忙拔除含羞草，要不然杂草长得都要比家里的宠物高了，甚至都要遮住草坪家具了，简直就像小说《远大前程》中郝薇香小姐的花园一样。

我多么希望像含羞草一样啊，轻轻一碰，我就整个儿合拢，把攻击者拒之门外。这个本事太了不起、太令人兴奋了！想想吧，在地铁站，我能让人别碰我；在火车上、飞机上、出租车里、客车里，我能让人别碰我。登山的缆车里，别碰我；邮轮甲板上，别碰我；登台前的休息室里，别碰我；我在酒吧等点的东西时，别碰我；在同事聚会时，别碰我；如果你是访问作家，别碰我；我在邮局等着给祖母寄信时，别碰我……让我和我的孩子以及所有人的孩子自己决定，谁能碰他们，谁不能碰他们，多好呀。别碰他们，别碰他们。

仙人掌鹪鹩

1986年，在亚利桑那州的洞溪（Cave Creek），有史以来最高的巨人柱仙人掌被沙漠中的一场狂风给吹倒了，这株仙人掌高达78英尺。同年，距此48千米以外的地方，我所有朋友家的前院都有花岗岩砾石、光滑的河石和乱石漩涡。我们的家务活儿不是修剪草坪，而是"耙石头"。我们在院子里玩墓地幽灵游戏，一场大汗淋漓的玩耍后，我们会把石头整理得干净整洁，把所有小孩子的脚印都清理掉。那时我们的新房子刚建好，我父母在后院里只种了澳洲梧桐、黄钟花和热带玫瑰，没有太多其他装饰，在后院里只能看到东一块西一块干巴巴的房屋墙面。我记得他们从来没有种过仙人掌，也从未想过要种仙人掌，无论是奥科蒂洛仙人掌、木桶仙人掌，还是我最喜欢的巨人柱。鉴于此，如果我想要看仙人掌鹟鹟——一种特别可爱的沙漠鸟儿——我就必须等到周末。周末，父亲会带我们徒步前往凤凰城外那些淡紫红色的群山。父亲、妹妹和我，我们总是三人一起出行。彼时，我们刚刚搬回亚利桑那州，母亲仍继续在堪萨斯州工作。

在我的记忆中，20世纪80年代的凤凰城是这样的：在贝尔路弗莱连锁超市的停车场上，有一只被丢弃的白色旱冰鞋，鞋子的亮粉色鞋带已经磨损。在我的想象中，一只仙人掌鹟鹟衔起鞋带，叼着鞋子迅速飞走——飞过一个又一个游泳池，那些金属游泳池闪闪发光，就像银鱼和头灯——飞进它的巨人柱仙人掌鸟巢，鸟巢里还铺着牛奶瓶盖、风滚草和一些长满苔藓的荆棘。

住在街对面的幼儿园老师杰森，他家院子里有一棵两层楼高的巨人柱，就像一个身体结实的士兵，站在阳光底下，任凭那些无聊的孩子朝它扔石头。我多希望也有一个自己的哨兵啊，他能为我们站岗，以防有人坐在一辆没有窗户的面包车里跟踪我们回家。被面包车跟踪是20世纪80

年代中期我们最怕的事情。无处不在的侦探狗麦克格拉夫的口号"减少犯罪"在各大主要电视频道的卡通节目中穿插播出，在州际公路的广告牌上也能看到。我们家在一条死胡同里，我们只能自己回家，因为父母都还在上班。父母不上班的时候，我们白天几乎都不待在家里。

我们脖子上挂着纱线颈链，上面系着钥匙，要么就是像妈妈给我们展示的那样，用一枚大大的安全别针别在口袋上。那些日子里，老师会给我们讲放学不回家的小孩子的故事。《仙境之桥》里那个虚构的女孩，一个人溜达，撞了头，溺水死了。但我们坚持认为，我们才不会那样。我们这么聪明，才不会被忽悠呢。几颗糖果可哄骗不了我们，带我们去看一盒毛茸茸的小狗这样的鬼话也骗不了我们。我现在温柔地回想，我们的校车在离家足足五个街区外就戛然停下——我从不敢让我的孩子一个人走这么远的路——我想起从校车上走下来的孩子，脖子上挂着钥匙，走在熟悉的弯弯曲曲的人行道上，回到空无一人的家里。我还回想起一包包薯片，以及动画片《超级英雄战队》和《史酷比狗》。

仙人掌鹟鹟

　　巨人柱仙人掌伫立在那儿，俯瞰着我们背着沉重的龟壳似的背包走过。当时我12岁，是这群小孩中年纪最大的，我记下了哪些房子的窗户上有小三角形标志，表明那座房子是"安全的"，如果有人跟踪我们或者逼我们上他们的车，我们就可以去这些房子里寻求庇护。我们是安全的。我们每天都能看到安全公益广告。我们商量好父母一回家我们就出来碰头，到那时候，我们就可以骑着自行车在社区里"巡逻"啦。我家院子里没有仙人掌，但是有一丛丛玫瑰和黄钟花，这些植物尖尖的果荚不硬，不会扎伤人。它们太脆了。大多数带有黄色标志的房子都是退休人员的。那些人真的能追上一辆没有标记的面包车吗？但我们相信那黄色标志。我们相信太阳和仙人掌的刺。

　　我们还相信仙人掌鹟鹟，这种鸟儿知道如何在最不宜居的地方为自己凿出一方空间做巢，我们相信它。父亲带我们去驼背山徒步时，我和妹妹能顺着咕咕、咕咕的叫声找到它们——那声音就像是宁静的清晨里，一个加速转动的小马达发出来的。仙人掌鹟鹟的长相并不出挑，如果要说有什么特别之处，那就是它们暗棕红色的眼睛上有一条很卡通的白"眉毛"。如果我们不发出任何声响，就会看到它们站在仙人掌或者丝兰上，眼睛扫描着地面搜寻蚱蜢或掉落的仙人掌果实。仙人掌鹪鹩是北美体形最大的鹪鹩，体长足足7英寸①，是少有的不需要饮用静水的鸟儿，它摄入的所有水分都来自汁液丰富的昆虫与水果。

这些顽强的鸟儿在保护自己的巢穴时非常勇猛、机灵，也许我最爱它们的就是这一点吧。沙漠中仙人掌鹪鹩的巢让人惊叹：乍一看，就像是谁的足球插在了仙人掌的刺上，卡在巨人柱仙人掌的腋下；仔细观察，你会看到黑乎乎的洞口，里面则是鹪鹩舒舒服服的栖身所。如果你发现了一个鸟窝，那么可以看看周围的枝丫，因为你肯定还会看到另一个鸟窝——这两个鸟窝中有一个是幌子，雄性鹪鹩待在这个窝里，一旦发现任何潜在敌人，就会冲向对方发起攻击并尖叫着报警，而雌性鹪鹩则在另一个窝里安全地孵蛋。那些以为今晚能吃到鹪鹩蛋的松鼠、粉色鞭蛇倒霉了！

我父亲在凤凰城中心的好撒玛利亚医院工作，是新生

① 1英寸约为2.5厘米。——编者注

儿重症监护病房的呼吸治疗师，每天要工作很长时间。他的工作十分复杂精细，那年他还要独自照顾两个喜欢咯咯傻笑的上小学的女儿，我知道，他肯定累坏了。但即便如此，几乎每个周末我们都会去驼背山徒步。我从没在那儿见过其他亚裔美国人。我不知道父亲是否注意到了这一点，或许他正忙着带我们看边缘长着云母的岩石，奥科蒂洛仙人掌的花，或是在一块巨石后面窜来窜去的大蜥蜴；又或许他正乐此不疲地教女儿们学习如何看太阳辨时间，如何避免踩到松散的岩石上，或是如何走在坚实的道路上。这是我们与其他郊区家庭的又一个不同之处——我不知道还有谁的爸爸会花时间带孩子做这些事情。

我们从家里去公交车站，从公交车站回家——有时还会去几个街区外的朋友家，父母不知道我们的具体位置——巨人柱仙人掌继续为我们站岗。这些高大的仙人掌给了我一种成年后再也没有过的信心：让我相信，我只要躲在仙人掌后就不会被发现；让我相信，我棕色的小腿儿绕着仙人掌跑，可以跑得比任何拿着糖果接近我们的坏人快；让我相信，我可以在任何砾石院落中跑，在岩石上留下小小的脚印，我们的父亲会在周末清扫和耙平砂石上的痕迹。也许我想成为仙人掌上的居民——那些机灵的鸟儿，头顶上坚果色的羽毛像剃了一个寸头，在艰苦的沙漠环境中，无论体形大小，它们似乎都无所畏惧。20世纪80年代，我们这群住在兰迪斯巷的孩子、旭日小学的学生，知道如何在沙漠岩石上奔跑——如何从一块块景观巨石上跳过，跳到布满光滑河石的蜿蜒河床上——这样，绑匪就会摔跟头。我们很坚强。虽然我们一个个都很瘦小，身板儿却很结实。要是真的需要站起来面对某个逼近我们的坏人时，我们随时都能准备开战。

独角鲸

　　我和妹妹读完五年级，就从凤凰城搬到了堪萨斯州，这一次，我们把父亲抛在了身后。接下来这一年，我们穿塑料凉鞋，喝新可口可乐，在"拯救生命"慈善演唱会上拼命追麦当娜。我和我亚利桑那州的闺蜜们都在瘦小的棕色手腕上戴着斯沃琪手表和一串串塑料手链。我喜欢的所有男孩都会跳霹雳舞。我所知道的关于堪萨斯州的事物，就只有多萝西和巫师①，还有席卷全州的可怕龙卷风。妈妈曾答应我们，我们会有一个大大的院子，可以在院子里踢足球，不过，等我们搬到紧挨她上班的地方时，我才彻底明

---

① 多萝茜和巫师都是童话《绿野仙踪》里的人物。

白，每次她说起医院和我们家时她到底在说什么。我们就住在精神病院的那块地儿上，数十年来就没有小孩在这里住过，校区不得不给我们建了一个校车站。每次我爬上校车阶梯的时候，我都想象自己是一头独角鲸，顶着一只巨大的角——一支长剑——谁要是问我和妹妹是不是精神病，我就用这支长剑击退他。

有什么动物能比独角鲸更完美地与堪萨斯州那片白茫茫的冰雪世界融为一体呢？有什么动物能比独角鲸更成功地在那里繁衍生息呢？独角鲸最喜欢在有厚重冰块的水中游动，而不是在开阔的海域，它的速度比虎鲸还要快。尽管独角鲸的长相很卡通，还有一个傻乎乎的绰号"海洋独角兽"，这绰号最初是儒勒·凡尔纳在《海底两万里》中给起的，但实际上独角鲸在狩猎的时候可是非常聪明呢。

独角鲸的"角"其实是一颗牙齿，上面有大约一千万个神经末梢。这是一颗很长很长的螺旋形牙齿，从左上颚突出唇外，伸入寒冷的北冰洋中。独角鲸一生中只会长两颗牙齿，这是其中一颗。所有雄性独角鲸都长着这样的长牙，不过大约15%的雌性独角鲸也有一颗，有些独角鲸甚

独角鲸

至会长出两颗长牙！①牙齿矫正可解决不了这事儿。在很长的一段时间里，科学家们认为这颗牙齿只是一种捕猎工具，因为人们观察到独角鲸会用这颗长牙去敲打较小的鱼儿，敲晕后，再把鱼儿吞下肚。不过人们普遍认为，这颗牙齿也可以帮助独角鲸"看清"水下的情况，因为独角鲸可以利用这颗长牙的定向回声定位知晓任何动物的位置。科学家相信独角鲸每秒可发出1000次"咔嗒"声，以或宽或窄的声线束传播出去，它们用这种方式觅食和避开浮冰。长牙还是一根感官棒，能敏锐地感知到海水的含盐量和温度变化。长牙外包裹着一层柔软多孔的组织，中空的牙齿里面充满了敏锐的神经末梢，与大脑相连。想象一下，你一口气啃掉两三根冰棒，然后又是一碗一碗的冰激凌，你的牙齿会是什么感觉——想象一下你的嘴巴和脑袋长时间冻僵的感觉吧。

　　独角鲸主要分布在北冰洋，但偶尔也会有一小群独角

---

① 长着"独角"的一般是雄性独角鲸，只有极少数雌鲸能长出"独角"。而雄鲸也不全是"独角"，有的雄鲸会长出"两只角"（两颗牙），变成"双角鲸"。——编者注

鲸游进加拿大的峡湾中。独角鲸这个名字来源于古挪威语 *nar*，意思是"死尸似的"，因为它们皮肤上特别的斑斑点点跟海上溺亡的水手身上的尸斑很像。独角鲸没有背鳍，但有相互独立的颈骨，这又为它们平添一分独特——在鲸鱼家族中，另外长有这种颈骨的就只有白鲸了。独角鲸吃墨鱼、鳕鱼和鱿鱼，这没什么让人大惊小怪的，对吧？但它们进食的方式很骇人：它不动声色，缓慢而沉着地游到猎物身边，然后张开大嘴，像世界上最可怕的吸尘器一样猛力一吸，将毫无防备的猎物整个儿吞下。我说过独角鲸喜欢头朝下在水里游吗？想象一下，一只3000磅①重的独角鲸以倒立的姿势悄悄靠近你，然后缓缓张开它的嘴巴，你有什么感受？

这些顶着长牙的家伙的天敌是谁呢？虎鲸和偶尔出现的北极熊有时候会猎杀小独角鲸。虎鲸追逐一群独角鲸的时候，独角鲸会潜到水里，一直往下潜，它们可以在海平面以下约5000英尺的地方生活。而独角鲸现在已被列为

---

① 1磅约为0.45千克。——编者注

独角鲸

"近危"物种，因为人类为了获取独角鲸的牙齿和宝贵的脂肪对其进行猎杀。

在堪萨斯州，一天下午，我和妹妹坐校车回医生宿舍。快到地方时，我看到妈妈正把车停在车道上，将购买的食品杂货从车里拿出来。校车里一个胖胖的金发男孩问我妈妈是不是中国人，我说不是，她是菲律宾人。他听后，朝我翻起了白眼。我觉得好尴尬，叹了口气。直到现在我都还能回想起他指甲缝里那油腻腻、黑乎乎的污垢，以及他为自己的笑话而得意时那凸出的小肚腩耷拉在牧马人牛仔裤上的样子。接着，好像翻白眼还不够带劲儿似的，他还一边使劲儿将眼角拉扯到耳根，一边说："我肯定她就是中国人！她的眼睛跟你的一点儿都不像！"

我想到了那片白茫茫的冰雪世界。母亲一只手提着装着牛奶瓶的白色塑料袋，微笑着望向校车，扫视着所有盯着她看的孩子们的脸庞，寻找我和妹妹。我真想潜入海里，潜到最深最深的海里，在那里，虎鲸就找不到我了。我没有长矛，更糟糕的是，我也没有一张利嘴来还击他。我只能直直地盯着前面，收起我的书本离开，我都没有跟那位善良的司机、可怜的约翰逊先生道别。独角鲸教会我，透过声音看穿那男孩的本质，而在那天之前，我都乐意把他当作朋友。

我那时压根儿不可能知道，在拉尼德州立医院往南一个小时车程的地方，我最终要嫁的人、我儿子的父亲，可能正在他家的车道上练习上篮，或者在距离水牛养殖场不远的场地上打棒球。我的一生挚爱离我只有一小时的车程！才一小时！他是一个白人男孩。有一天，他会对我许下诺言；他会握住我棕色皮肤的手，放在他的胸口，我能感受到他的心跳和胸口的温暖。要是独角鲸教会我聆听那些表达连接的"咔嗒"声就好了，那"咔嗒"声就回响在我的耳边。

但那时，六年级的我所能看到的只有医院保安在追寻逃走的病人时在街上踢起的脏雪。那天晚上，我一声不吭，但我不明白自己为什么找不到话说。我并非觉得丢脸，也不是觉得愤怒，而是觉得仿佛有什么东西扎进了我的大拇指里，就像一根黄蜂刺似的，止不住地疼痛。春末，一个与众不同的男孩——我们班上最聪明、跑得最快的男孩——在发现我要搬家后的第二天，送给我一枚镶有粉色人造锆石的戒指。"别忘了我。"他在课间休息时平静地说。戒指闪闪发光，但即便在那时我还是吓了一跳，脸色苍白——我几乎不喜欢男孩，我记得，当时我觉得这戒指太惹眼了，它太闪亮，太庄重了。

其实，我只是想要他在踢球队里先选我，还有，如果有人再跟我开种族主义玩笑的话，他会护着我，或者在食堂吃饭时他能偶尔坐到我旁边来——不过，现在说这些都晚了。我们要搬回亚利桑那州了。尽管如此，我还是明白了，在堪萨斯州的平原上，除了旋风和黄色的砖砌马路，还有心地善良的孩子。这些孩子，不管他们从电视上或者父母那里学到了什么，他们都会伸出双手来跟我握手，和我拥抱。他们在操场上玩耍的时候会想念我，他们跟我一样，喜欢把自己倒挂在攀爬架上，对着脚底的云朵尖叫。我知道，所有的向日葵最终都会朝向太阳。向日葵长得那么饱满，我妈妈会把她的雪佛兰车停在路边，在一块向日葵地前拍下我和妹妹的照片，寄给我父亲。"我们想你。我们在堪萨斯州过得很好，但我们想念你，很快就会见到你了。"这是我们发出的信号，越过花海，传给五个州之外的父亲："我们很好。"

我们紧紧相依，穿越冰雪寒冬，来到了春天。我们一家安然无恙。

六角恐龙

    如果一个白人女孩试图告诉你，你的棕色皮肤可以画什么妆，不可以画什么妆，那就想一想六角恐龙的微笑吧。在那一刻，最好的办法就是微笑，微笑就好了，哪怕你的笑容不是那么真诚。你笑得越牵强，你的内心就越坚定。

    给他们一个蝾螈般的微笑吧。六角恐龙也称"墨西哥行走鱼"，但它其实不是鱼，而是一种两栖动物。六角恐龙是唯一一种一生都生活在水下的两栖动物，幼态性熟，换句话说，它们的成长不会经历蜕变过程。六角恐龙的皮肤有各种颜色，这取决于它们遗传的是三种已知色素细胞中的哪一种——彩虹色素细胞让六角恐龙的皮肤呈现出闪亮的彩虹色，黑色素细胞使其呈黯淡的泥沼色，黄色素细胞则让它的皮肤成为漂亮的玫瑰金粉色。

　　大多数被称为"野生类"的六角恐龙，在它们那没有眼睑的眼睛周围都有一圈明亮的线，看上去就像是有人拿霓虹色荧光笔画了一圈眼线似的。据说，在某些时候，野生六角恐龙刚孵化出来时犹如一团精灵般的金色阴影，加上一对粉色的眼睛，甚为可爱；随着它们年龄的增长，只有皮肤和眼睛会变黑，渐渐跟周围浑浊昏暗的水下环境融为一体。不过，依我看，最吸引人的还是白化品种——淡粉色的皮肤，黑色的眼睛。这是在无数小学班级中最常饲养的宠物——淡粉色的皮肤，大大的嘴巴，嘴角上扬，令人难忘——也是常常出现在贴纸、T恤，甚至毛绒玩具上的六角恐龙形象。

　　你还记得吧，上初中时，体育课结束后，你在更衣室里尝试各种色调的湿又野（Wet n Wild）口红，包括一款焦糖苹果红色。你母亲绝不允许你涂口红，男生们也还没开始关注你。你只是想做个实验，把不同颜色的口红举到脸颊上，就像在镜子前把一件装饰着亮片的连衣裙在身上比画似的。不过，你还是更喜欢朋友包里的口红，那口红在包里咔嗒作响，就像投骰子一样，所以你决定试一下最醒目的红色。"我觉得像你这种肤色的人……不该涂红色。你可以试一下这个。"这姑娘说道。她身边只有你一个人是棕色皮肤，而且她对棕皮肤人的了解仅限于情景喜剧《天才老爹》①。不过你很喜欢她，而且你在这里又是新来的女生，你不希望午餐时她撂下你一个人走掉，所以你微笑着，耸耸肩，小声说："也许你说得没错。"

但即便是在那次短暂的尝试中，你还是喜欢上了那一抹红，当然有一点怯怯的，那是你眼角余光中的鲜红，勾勒出你嘴唇的轮廓。你习惯了只有在被老师点名时才张口说话，虽然你知道答案，但你缄口不言，因为你不想跟以前一样，看到有人翻白眼，也不想听到他们悄悄说你是老师面前的红人！于是，你用卷纸擦掉嘴唇上的口红，努力挤出一个微笑，重新涂上棉花糖色的唇膏——这让你显得毫无血色，形容枯槁——离开更衣室。

---

① 《天才老爹》(*The Cosby Show*)，美国知名情景喜剧，讲述了一个富裕、受过良好教育的非洲裔家庭的生活故事。

成年后，你可以向六角恐龙学习微笑，即便任职委员会中有人每次在校园外看到你时，都会像祷告那样双手合十，迅速地微微鞠躬，并大声说道："纳马斯特!"[①]尽管你告诉过他好几次，你已经是基督教卫理公会成员了，但他似乎就是听不到你说话，或者他听到了也不在乎，只是呵呵地笑着，双手插在裤袋里，走过结冰的停车场。

六角恐龙双唇紧闭，两个嘴角微微翘起，给人一个大大的微笑。六角恐龙的第二大特点也许就是它的外部鳃。它的头部后面有六个肉柄，一边三个，上面就是它的鳃，那样子看上去就像脖子处戴了一顶华丽的紫红色羽冠。六角恐龙一般能长到一英尺多一点，吃各种各样的虫：红虫、蚯蚓和蜡虫。它们也喜欢吃昆虫幼虫和甲壳类动物；如果能找到，甚至会吃小鱼。

科学家们一直在研究六角恐龙的肢体再生现象。六角恐龙的肢体再生能力在动物界中是非常奇特的，因为它们似乎不会留下伤疤。六角恐龙甚至可以修复断裂的下巴。

---

① *Namaste*，梵语，印度问候语，属佛教礼节。——编者注

在最近的实验中，科学家压断了它们的脊柱，而脊柱也再生了。《科学美国人》报道，你可以从任何一个部位切掉它们的四肢，无论是腕部、肘部，还是上臂，它们都会再长出新的来。人们可以一次次把六角恐龙四肢的各个部分切掉，每一次结果都一样：它依然微笑。它们的断肢就像一株多年生植物似的迸发出新的嫩芽。这就像经历了一场寒冬，人们以为什么植物都不会长出来，然而荒芜的土地上竟冒出了番红花浅色的小嫩芽！不可思议的伤口跟自己的身体唱起了反调："我还会长出来一个，还会长出来一个。"在这些实验中，六角恐龙要被反复截肢上百次。当实验人员将这类工作进行95天后，他会说什么？也许是"还有5天就好了，我们就要完成报告了！"他是怎么回到家中的？又是怎么把那截下来的上百个断肢抛在脑后的？当你看到六角恐龙的断肢以这么快的速度再次生长出来时，当你看到它们在水族馆里对你"微笑"，打量着你以及你紧闭的双唇，同时那粉红色的鳃在水中摆荡着时，你很难想象它们竟是濒危物种。

最令人震惊的是，创建世界自然保护区联盟的人认为，野生六角恐龙已经绝迹了。过去，墨西哥的两个湖泊中有大量的六角恐龙，但自2013年以来，就不再有任何发现六角恐龙的记录了。由于墨西哥城市人口的增长，其中一个湖泊已被排干，另一个湖泊现在鲤鱼泛滥。鲤鱼吞食六角恐龙的卵，就像吞巧克力豆一样。现在，六角恐龙在水族店里，作为宠物出售。

尽管六角恐龙的外表看起来很安详，常常让人觉得它很可爱，也许还很温和克制，但六角恐龙吃东西时是非常凶猛的，有时甚至会吞食同类。不过，大自然已经提醒了我们，让我们退后一点，保持距离，或者隔着玻璃观赏它们——六角恐龙的前腿末端长着可爱的粉红色星星状的脚趾，同时它还充当爪子的作用，专门为吃肉而生长。六角恐龙吃东西的场面可谓混乱，它会张嘴吞下一撮红虫。那一刻，你就会明白，在黑暗的苍穹中，星系是如何开始旋转，又是如何不断长大的。

跳舞蛙

那一定是夏天，是适合户外舞会和野餐的季节，因为我对跳舞的兴趣永远都不会少，更确切地说，我对会跳舞的动物一直都很感兴趣。我并不是唯一对此感兴趣的人。最近，科学家发现了14个新的青蛙物种，这一发现震惊了爬行动物和两栖动物研究界。爬虫学家首先爆出这个消息是在印度南部的喀拉拉邦，喀拉拉邦也是我父亲家族生活的地方。该地区是一个生物多样性热点，这意味着，那里的许多动植物在世界上其他地方都找不到。所有这14种新发现的蛙都属于小岩蛙属，爬虫学家将它们命名为"跳舞蛙"。

当我这么形容的时候，你也许会想到老早以前的动画片《鲁尼曲调》中那个欢乐的密歇根蛙吧。密歇根蛙头戴礼帽，握着手杖，唱着"你好，宝贝儿！"。它只在人们不看它的时候才跳舞。它跳起舞来生龙活虎，踢腿的动作胜过任何一个跳康康舞的姑娘。只有像密歇根蛙这样的雄性跳舞蛙才会展示出这等不寻常的举动。跳舞蛙的体形越大，"跳舞"的频率就越高。这是一种求偶的方式，也是一种防御行为，意思是说：别靠近，这位女士已经名花有主了。跳舞需要在丛林中的"舞池"进行，丛林中雄性跳舞蛙的数量是雌性的一百倍。清凉的溪流附近，一只跳舞蛙在一块潮湿的岩石上站稳后，便开始翩翩起舞。只见它的一条腿向后伸展，腿完全伸开时，它会尽力张开脚趾，就像雨伞被撑开一样，让脚蹼完全张开——这是一个信号，告诉其他雄蛙：滚远点！但同时也在对雌蛙发出邀请：你好啊！来跳个舞吧！

跳舞蛙的体形跟一只高尔夫球差不多大，它对降雨模式和溪流水位非常敏感，这是繁殖的精准需求使然。在雄蛙和雌蛙相遇后，雌蛙开始展现它的舞姿：它用后脚在卵石和泥土中刨出一个坑，为产卵做准备。大多数情况下，它会在溪流中找一个溪水刚刚没过岩石的地方。如果水太多，跳舞蛙在产卵时可能会被卷入水流中；如果水太少，蛙卵会接触不到河床，蛙卵完全变干的话，肯定就全报废了。产卵完成后，雌蛙对趴在它背上的伴侣就完全爱答不理了。这时，雄蛙又可以自由地另寻一块湿润的岩石，在上面扭着身子跳舞，打发掉这个夜晚。那潺潺的流水声，仿佛是为这场表演伴奏的木琴曲。

不过，很遗憾，爬虫学家的重大发现还没让人们高兴多久，跳舞蛙就被列入了濒危物种，因为在印度绍拉森林①所处的这片通常草木繁茂的地域，季节性降雨模式很不规律，创纪录的高温已经让跳舞蛙的栖息地变得干涸。科学家们因此呼吁政府保护这片面积不大的地域，使其免受森林滥伐的伤害和污染的侵蚀。许多爬虫学家担心出现"尚未命名的灭绝"，这意味着可能有更多种类的跳舞蛙在被发现之前就已经灭绝了。它们的灭绝对人类来说是不小的灾难，因为我们将因此失去它们与8500万年进化史的独特联系。

我深知，这是一个令人警醒的担忧。但是！我们必须

① 绍拉森林（shola forest），印度南部高海拔的常绿森林，介于热带与亚热带之间。

记住，在一个诸多物种走向灭绝的时代，14个，整整14个青蛙新物种的发现给人们带来了一线希望！青蛙是地球上最重要的生物学指标——跳舞蛙的健康状况反映了生物圈本身的健康状况。在印度西南部的西高止山下，蜿蜒流淌着一条条清溪，从这个美丽绝伦的地方传来了让人充满希望的消息。此时，我得知那里有这些小家伙，它们脚踩阴凉的岩石，迎着卵石、水流和风，踩着节拍走上前去，甚是欢喜。

幽灵蛸

　　海洋深处，照不进一丝丝的阳光。在只有探照灯才能照亮的深水中，幽灵蛸游动着寻觅一餐海洋雪[①]。海洋中这些没有生命的碎屑实际是在午夜区[②]上方数百英尺的地方死去的动物的分解物。幽灵蛸用身上两条长长的、与它的八条触手分开的丝带状卷须[③]去捕捉那些碎屑。如果幽灵蛸饿

---

① 幽灵蛸以海洋雪为食。海洋雪是指沉落至海底的海洋生物残骸、粪便等，不是活着的海洋生物。——编者注
② 午夜区（midnight zone），半深海带，处于深海带与中层带之间，位于海平面下1000米至4000米之间。阳光到达不了这一区域，所以也被称作午夜区。这一区域一片漆黑，却存在着大量发光生物。
③ 这两条长丝带状卷须是由幽灵蛸的触手变化而来的，可以拉长至身体长度的两倍，幽灵蛸利用这对伸缩自如的长触手同其他较短的触手合作，一起来捕捉猎物。

极了，它的大眼睛会瞄准一些亮的东西，那是更大的猎物发出的诱惑性的光芒——也许是一条吞噬鳗，也许是一条在墨黑的水中摇摆前行的琵琶鱼。幽灵蛸的眼珠跟弹珠差不多大，但它却是地球上眼睛与身体比最大的动物。[1]

如果幽灵蛸感受到了威胁或者想要溜走，它会通过一场绚丽的表演来有效达成目的。关于这一点，也许海洋中还没有谁能与之媲美。幽灵蛸跳动着游走时，每一只触手的末端都会发光，并且朝不同的方向摇摆，以此来迷惑掠食者。为了更快地逃走，它还会使用喷气式推进这一招——它朝"斗篷"[2]的方向拍打两鳍，同时用它的虹吸管朝一个方向喷射水流。它的下一招是将所有触手举过头顶，做出一个所谓"菠萝姿势"。[3]在这些触手下方排列着名为"触毛"的小小齿状物，看上去就像是长满了尖牙，似乎随时都能给追赶它的掠食者来一口。

如果这还不足以赶走掠食者，幽灵蛸就会释放出一团

---

[1] 幽灵蛸的身体总长度最长约30厘米。

[2] 幽灵蛸的八根触手和连接触手的织带，看起来就像一个斗篷。

[3] 幽灵蛸将"斗篷"拉过头顶，把自己从里到外翻过来，"斗篷"内侧暴露的触毛看起来像一排排尖牙，这时的幽灵蛸看上去就像菠萝一样。

发光的黏液，而不是墨汁。黏液和扭曲的光线暂时迷惑住掠食者，让掠食者无从下手，不知道自己吃的是什么东西，而幽灵蛸早已趁机逃之夭夭了。这情形，就好比你正在追赶某人，他却忽然停下脚步，转过身，向你脸上泼了一桶又大片又黏稠的绿色亮片一样。

上高中时，我刚转入一所新学校，我多么希望自己就是一只幽灵蛸啊。小时候，我们不停地搬家、转学，但让我最不适应的一次是高二升高三那次。那时候，我刚从纽约西部转到俄亥俄州代顿郊外的比弗克里克，从一个大约一百名学生的班级来到一个五百多名学生的班级。我从高二的班长变成了一个无名小卒。我想参加网球队，并不是因为我对网球多么感兴趣，而是至少在训练的时候，我不必一个人待着。那时，我在图书馆吃午饭，在几乎没人会经过的楼梯间吃午饭，在唯一一部电梯里吃午饭，在昏暗的电梯里，除了偶尔几位挂着拐杖或者坐轮椅的学生，别人都看不到我。有一次，我站在一个卫生间隔间里吃午饭——吃我那可怜的花生酱和果酱三明治。隔间的门板被刮花了，上面还有各种涂鸦。为了打发时间，我阅读了那些通常很粗俗、有时很滑稽的涂鸦，这样就不会有人知道，我没有人可以说话了。

这是我最像头足类动物①的一年，也是我最想消失和潜入深海的一年。以前每次新到一个班级的第一天，我从不发怵，也从不怕认识陌生人。而现在，网球训练结束，当其他队员都在商量去当地的比萨店聚餐时，我却逃走了。我的队友有没有注意到我走了，会不会纳闷我去哪儿了，我都不知道。

唉，所幸我没有就那样一个人直到我的高中生活结束，所幸我没有像乌贼一样在黑暗中独来独往。后来，我真的交到了朋友。我和朋友们坐在校车后座上嬉笑，我还在演讲和辩论队结识了一群快乐的书呆子，最后我还进入了校网球队，在地区级的比赛中跟我的妹妹搭档双打。我再也不躲起来了。聚会上，当我不得不提前回家时，大家会注意到我，他们不希望我离开。还有一位老师——哈丁夫人——她想让我大放光彩。我知道这听上去弥足珍贵，而这些朋友让我相

---

① 头足类动物包括枪乌贼、章鱼和乌贼等，属于软体动物门、头足纲。

信了这句话："如果我们中有一个人很棒，那么我们所有人都很棒。"他们毫无保留地支持我。装酷很无聊。他们是我的亲人，我的族人——直到今天，他们中的许多人依然是我的朋友，尽管我们已散布在全国各地。当年，我们把毕业帽抛向空中后，就以最快的速度奔向了四面八方。

不过，我是从什么时候开始不再玩消失的，并没有一个确切的时间点。我不知道自己是如何走出孤独的，也不知道自己是如何熬过青春期最黑暗、最孤独的一年的。我再也不会把没吃完的午餐匆匆扔进垃圾桶了，再也不会假装自己在做什么研究，请图书管理员让我安静地读书了。相反，我开始在本子上写写画画，既然我从未在书本上、电影里或者视频中见过我这样的人，那我就试着把自己的人生写下来吧。我不敢说我写的这些作品都是诗歌，但它们都是抒情性的。我还自学了隐喻的修辞手法，拙劣地模仿。当我大声朗读这些作品的时候，我体会到了那种音乐的节奏感和快乐，我的舌头就像通了电似的兴奋不已。我又浮到了水面上，又变回了那个求父母和校长让我提前一年上学的姑娘。我如饥似渴。

我熬过了像头足类动物的那一年，走出了午夜区，但我对那段时光心存感激。如果没有经历晦暗的那一年，我怎么会知道如何分辨如今我教的学生脸上的阴晴呢？或者，在我的儿子们放学回家后，放下手头的一切，询问，真正地询问他们每一个人是否都度过了愉快而安全的一天？那一年，没有人在校车上跟我说话，也没有人送我情人节礼物，没有约会。如果没有这些经历，我就不知道该对我的学生说什么。有一个学生，她背着沾着油污的书包，独自坐在角落，跟谁都没有目光接触。她在其他课上从不讲话，在我的课上也只有被点名时才会回答。我不知道她是甘愿孤独呢，还是在用孤独掩盖她的渴望——渴望被人看到，渴望友谊，就像当年的我一样。我暗自喜欢她凌乱的头发，她把它挽成一个巨大的发髻松松地堆在头顶上。这个学生经常迟到，但总是最后一个离开，而且总是提前预习功课。在我因流感生病整整一周回来后，她告诉我："我很想念您，今天您回来了，我真的好高兴，好高兴。"

"我也好高兴。"我说。我是说真的。我真想不到，这样一个学生竟让我笑得如此明媚，如此灿烂。

雨季

　　在喀拉拉邦，即便是下雨的时候，人们也会骑着五颜六色的电动车，有些人还会载着朋友或恋人。如果后面坐的是一名妇女，身披纱丽或者穿着紧身长裤，她就会侧坐着，一只手抓住座椅的软垫边缘坐稳，另一只手则为自己和司机撑起一把黑色的雨伞。在潮湿的乡间公路上，只能听见硬币般大小的雨点发出的啪嗒啪嗒声和电动车引擎的声音。

　　这样的雨一点儿都不吓人，即便在季风雨季也是如此。当你听到远方传来像是有人在摇晃一包种子的声音，接着那声音顿住，然后是雷鸣般的巨响，你就知道，雨要来了。当蝴蝶——火弄蝶和青凤蝶——成群结队地飞过肉桂树然后突然不见时，你就知道，雨要来了。孔雀的整个家族全都聚集在一棵榕树上，一动不动，就好像是摆出姿势拍照一样。接着，你听到了风声。

如果你能感受到兴奋的小蝙蝠振翅飞过的风，如果你能闻到芭蕉叶子低垂到湿润的淡红色泥土上的味道，如果你能呼吸到天空中迅速掠过的云朵的气息，你就感觉到了季风雨的味道。

一年之中，季风雨季会光顾两次，将印度西南海岸变成一片苍翠。在这两次雨季中，五月至八月的西南季风更为猛烈，而十月的东北季风则更温和，从日出到日暮，轻轻掠过人们的脸庞，就像我家附近商店农产品区的喷雾器一样——每次当我挑芦笋或者多汁的树莓时，那喷雾器总会不失时机地打开。西南季风雨将佩里亚尔河、巴拉塔普扎河等闪着金属光泽的河流侵蚀得更深、更宽了。这些河流从崎岖的西高止山发源，向西流淌，在深深的回水区①中交融在一起，最终流向阿拉伯海。岸边生长着茂密的椰树，树干低斜着，俯瞰水面。从远处的一座桥望出去，看不见

_____

① 回水区是一个由多条无名小河组成的河网。

地平线，只看得见绿色的星星。

打死一条黑眼镜蛇，挂到树上，天就会下雨

月亮周围有光晕说明要下雨

乌鸦可以预知即将到来的雨

奶牛躺下来是下雨的征兆

两只鸽子停在一株鸡蛋花树上，面朝同一个方向，天要下雨

吞下四颗草莓番石榴种子，希望能下雨

踩到蚂蚁，天下雨了

天上出现杏黄月，要下雨

狗吃草了？说明要下雨了

被誉为"椰子之乡"的喀拉拉邦是个多雨之地，在那里，雨水是祖母家的常客。那年我正读研一，虽然以前去过印度，但我和妹妹都是跟父母一起去的，从未单独去过。在祖母居住的小镇科塔亚姆，我穿梭于一个个市场中，耳边响着雨水的窃窃私语。雨顺着我的脖子淌下来，在刚刚

抹过驱蚊水的光滑皮肤上凝成一粒粒水珠。眉心的妆花了，黑乎乎的一块，我精心涂抹的液体宾迪①滴到了鼻梁上。

即便我站在祖母家有顶棚的后门廊下，又热又大的雨点还是把我的脸全淋湿了。我忽然看到三个身着纱丽的老妇人——她们就像是看到了猫鼬而四散开来的鸟儿似的，五颜六色，"优雅从容"——她们翻过水泥墙（墙顶上还插着绿色的玻璃瓶碎片），来到祖母的椰树林里偷椰子。我大声喊祖母，喊她的司机，然后对那几个人大叫："嘿，我看到你们了！"但还是太晚了，等身着桃色雪纺纱丽的祖母拖着步子走来时，她们早已消失在那片绿林中。

有时候，我和11岁的表妹安贾娜在祖母的棕色天鹅绒沙发上看印度音乐电视节目。村里经常停电，有一天，电视机发出嘶嘶的声音——又停电了。"停电了！"祖母会这样说，或是"我们必须早上洗衣服，在停电前"，"你得把冰激凌吃完，否则停电了就浪费了"，又或者"这个镇上有太多小娃娃出生，就是因为停电了"。我们表姐妹俩坐在沙发

---

① 印度女性眉心的圆点。

上盯着电视机屏幕。我和她以前只在照片上见过彼此，直到上周才亲眼见到对方。安贾娜首先打破了沉默：

"有时候，那些老太太会把一只青蛙绑在吊扇上。好像是一只小青蛙吧。然后她们大声唱，'青蛙渴了，需要喝水。'全家人都在下面望着，女佣也不例外。青蛙就在天花板上转啊，转啊。很恶心吧？然后，然后——第二天就下雨了！"

"那青蛙呢？"我问。

"青蛙没事儿，我觉得女佣把青蛙取下来了。"

踏上喀拉拉邦这片土地后的72个小时，我对虫子的任何恐惧和顾虑全部一扫而光。我发现，晚上亮着灯的时候，蚊帐外面的蚊子嗡嗡声最响，所以我特意只在白天的时候给家里的朋友们写信。每天晚上，我都会把蚊帐的边缘反复塞到凉爽的床垫下。我右手刷牙，同时在空中挥舞着左手抓蚊子，以免被叮咬。这些飞来飞去的蚊子很肥硕，显然是已经吸够了别人的血。我张开手掌时，手心上都是一个个黑色星号。

第二天早晨，我和妹妹恳求祖母让家里的司机带我们去文巴纳德海滩。那里离家很远，可家里停了电，屋子里很潮，很安静。祖母答应了。半个小时的车程中，我们看到那些刚学会走路的孩子光着腿，双手捧着蜻蜓，看着蜻蜓那蓝色的翅膀在灰暗的季风天中拍打着，他们的脸上满是欣喜。空的大米麻袋捆在一起，做成了那些人家的屋顶。清早和下午，雨下得很大，空气中有一股很明显的蝙蝠翅膀的味道，我真纳闷蝙蝠是如何保持身体干燥的。

雨停了，飘来一阵阵香味，就是美食节上让人们吃得热火朝天的美食的那种香味，有咖喱蛋、厚厚的椰汁烩鱼排、辣子鸡、帕亚萨姆面条布丁，还有整块的哈尔瓦蜂蜜酥糖，正放在木桌上晾凉。这里的人大都在户外做饭，邻居们总有法子跟其他没那么走运的人慷慨分享他们的美食。所有家庭成员——远房的姑妈姨母、叔伯舅舅、女佣、司机、狗狗、孔雀、家里的奶牛——全都躺下来美美地睡个午觉，等着雨停。雨停后就可以准备晚餐了。即便他们身上还是湿的，可他们吃饱喝足了，所以也十分满足。

孔雀是这样建立家庭的：当一位顽皮的少年孔雀错把地上洒的油当成雨水坑，它的脚便踩出来一个个油乎乎的小月亮。这些小月亮聚在一起，旋转，就形成了一个甜甜的轨道。然后它们展开蓝色的胸脯，胸脯分泌出乳汁，乳汁继而催生出幼鸟的一声叫喊——孔雀著名的尖叫声，就像有人在用热气腾腾的肉桂奶油"咕噜""咕噜"漱口一样。

我们来到一个旅游景区，这里有船屋出租，租期为一天到一周不等。这里还是距离祖母家最近的贩卖冰激凌的地方，甚至还有发电机加持。两只雄孔雀在我们的车附近散步，到我们面前停下了脚步，离我们也太近了吧——我已经习惯了鸟儿一听到下雨或者人来了的声音就四散飞去，但这些孔雀却直勾勾地看着我们，一点儿也没离开的意思。最后直到我祖母朝它们挥舞着她的包，它们才走开。暴雨再次降临前，喀拉拉邦有名的椰壳船在等下一批游客。我朝粉砂质海岸跑去，印度洋与阿拉伯海就是在这里温和地交汇在一起的。我那身高一米四出头的祖母在沙滩上拖着脚步，拼命追我："艾米，艾米，你别跑。哎哟！你脸上又被蚊子叮了。你这个样子，我送你回家的时候可怎么跟你爸交代啊？我们进去，吃你的冰激凌吧！"

可爱多冰激凌菜单

文比特别圣代　　49卢比

冰激凌船　　　　三勺冰激凌　草莓碎　香蕉片　水果

冰激凌三明治　　三层冰激凌　大理石蛋糕　焦糖坚果
调味酱　果酱

杏子冰激凌　　　香草　西班牙心悦冰激凌　杏子酱
杏果　杏仁

冰激凌奶糕　　　香草巧克力冰激凌　奶糕　沙拉酱
焦糖坚果　牛奶巧克力碎

文比鸡尾酒冰激凌　　39卢比

文巴纳德美人　　三味冰激凌　荔枝果粒　大理石蛋糕
黑醋栗果酱

古尔比小姐　　　玫瑰奶球　香草冰激凌　焦糖坚果
调味酱

奶油频道　　　　奶油硬糖和香草冰激凌　果酱　脆坚果
奶油硬糖酱　水果干

趣多多冰激凌	香草冰激凌　果酱　新鲜水果
	巧克力碎条　人心果①　坚果
开心果法鲁达	开心果糖浆　新鲜水果　面条
	果酱　杏仁坚果　香草冰激凌球
小丑2000	适合孩子的一个滑稽男人，有着滑稽的
	耳朵、鼻子和帽子

　　我选了"小丑2000"，因为我一点儿都笑不出来——我的脸上、胳膊上、腿上都是蚊子包，上一次用棉签蘸上止痒药膏涂抹时，我数了一下，一共75个又热又痒的蚊子包。祖母诧异地看了我一眼，就好像她突然闻到牛奶变味儿了一样，不过我把目光转向了那些倾斜着生长的椰子树，尽量使自己在选甜点时显得庄重成熟一点儿。在这里，旁逸斜出的椰树树干，就像夸张的花体字一样，而树叶却很饱满，仿佛摊开的硕大的绿巴掌。

　　我祖母的狐疑是有道理的：服务员端出"古尔比小姐"

---

① 人心果（chikoo），一种山榄科的热带水果，因为果实长得很像人的心脏，所以被人们命名为"人心果"，味甘甜。

和"开心果法鲁达"后，给我们端来了"小丑2000"，它盛在一个蓝色小碟子里，那碟子小得可怜，简直就跟一个杯垫差不多。我妹妹半是同情、半是尴尬地瞅瞅我：叫家庭司机开车来这个地方就为了吃这玩意儿？在那张黏糊糊的压膜菜单列出的所有甜品中，唯有这个"小丑2000"是在金奈的某家工厂预先做好的。这种齁甜的冷饮真的跟菜单上写的一样，做成了一个戴着眼镜和棒球帽的男人的头像，就像土豆头先生一样。

在村子里，冷饮还是新鲜事物（冰箱主要用来冷藏肉类，即便那样也很不保险，因为雨季常常停电），冰激凌简直就是奢侈品了。我细细品味着每一口冰冰凉凉的滋味，但我妹妹才吃了两口她的古尔比小姐，小丑就已经全被我吃光了！我尽量不垂涎她碗里那潮乎乎的，还冒着冷气的诱人冰激凌和糖衣坚果。至少，我把身上肿胀的蚊子包全都抛之脑后了，转而专心地听起远处孔雀的尖叫声，还有祖母的勺子和碗碰触发出的叮当声。她把最后一块菠萝刮干净了。

谢天谢地，祖母提出给我点一份别的冷饮，突然之间，我又回到了八岁——安静乖巧，面带微笑。热浪、蚊

雨季

子以及村民目不转睛的注视让我很烦躁，而此刻这些烦躁全消失了，我心中充满感激。我任由祖母用马来语为我点单——父亲只有在冲我发火时才会用马来语——祖母跟服务员讲笑话的时候，显然是在拿我取笑，而我竟连眉头都没有皱一下。妹妹觉得祖母给我点的是文巴纳德美人，因为里面有潮湿的香草和巧克力蛋糕片，中间有冰激凌夹层，但没有荔枝果粒。不过我发现里面有一种深色水果糖浆，就像一种很稀的果酱，跟我舌头上的纯香草冰激凌混合在一起后，味道甜甜的。

远处，孔雀还在嘶鸣。雨落下来了。瘦削、黝黑的船夫用竹竿撑着两层的船屋沿着回水①前行。竹竿溅起一点水花，然后安静下来，又是一点水花，又安静下来，再溅起水花，再安静下来。当这艘船屋庄严地从我们的桌前经过，经过我们的海滩冰激凌店时，我看到了他那灿烂无比的笑容，我看到了他洁白的牙齿。我自己也对他报以微笑，我祖母一边看着这一幕，一边从她闪亮的铝碗里舀出了最后一勺冰激凌。

——————

① 印度喀拉拉邦的回水区被誉为"东方威尼斯"，"泛舟回水"是喀拉拉邦最受欢迎的旅游项目之一。

巨魔芋

在我单身时，我会用巨魔芋来筛掉约会对象中的"糟粕"——卑劣、无趣、乏味的男人。约会共进晚餐时，如果坐在对面的男人问我"你的兴趣爱好是什么"，我就会跟他聊起这些散发着恶臭的硕大巨魔芋，以及我在巨魔芋即将盛开时奔赴全国各地寻花的情形。从对方的反应，我能立刻做出判断，我们是否还会有第二次约会，或者我是否很快就把他拉黑。

巨魔芋拥有世界上最大的花序，花朵平均8至10英尺高。巨魔芋原本只生长在印度尼西亚的野外环境中，不过美国的几个植物园已经在室内栽培方面取得了很大成功。1937年，纽约植物园首次成功展出了一株盛开的巨魔芋。

巨魔芋

我第一次见到巨魔芋是在2001年，在威斯康星大学美丽的校园温室里。我记得我当时非常兴奋，等着看花的人排队排得比买戴夫·马修斯乐队[①]门票的队伍还长。那是六月下旬，天气很热，温室里的温度已有二十七八度，但这并没有阻挡几百号人排一个多小时的队来闻那股令人难忘的臭味。

那股味道基本上就是我想象的那样，把一罐沙丁鱼和一瓶蓝纹芝士沙拉酱倒进用过的婴儿尿布桶里，在八月的大太阳下放个一两天后散发出来的味道。但正是这股恶臭，以及佛焰苞深深的肉红色，吸引昆虫前来授粉，完成授粉后巨魔芋会合拢，然后又进入数年的休眠期。

几年前，我们夫妻俩带着儿子们去布法罗植物园，看看我们能否目睹"莫蒂"开花。那株巨魔芋那几天随时都会开。带两个不到六岁的小朋友出门玩耍，我们折腾了几个小时。我们看了勿忘我、维纳斯捕蝇草、超大棋盘和恐龙

---

① 戴夫·马修斯乐队（Dave Matthews Band）成立于1990年，融合了摇滚、爵士、朋克和民谣等多种音乐风格，成立至今已经有2500万张的专辑销量，在世界乐坛颇有影响力。

造型绿植，孩子们又找到了仙人掌室，观赏了里面所有野蛮而危险的仙人掌（当然，大多数仙人掌的高度跟小孩的眼睛齐平）。我们还不知道去看莫蒂的队伍已经在大厅里绕了两圈。在这个公园115年的历史中，莫蒂的出现吸引了有史以来最多的游客。但排这个长队是值得的，我那两个儿子震惊的表情和因恶心发出的尖叫可以证明。

　　佛焰苞，就像巨魔芋的裙摆，呈现出最浓郁的红色和栗色。从远处看，佛焰苞的褶边看起来像一块毛乎乎的天鹅绒、一件倒置的奢华的冬日舞会礼服。但这件"礼服"摸起来根本不是天鹅绒触感，而是像蜡一样。在它的中心，黄褐色的佛焰花序高高挺立，超过12英尺高，这是有史以来的最高记录。当两圈环形的橙色花瓣完全盛开、花序的巨大肉裙打开时，花序轴的温度可以接近正常人的体温，这种情形在植物界绝无仅有。还有那鼎鼎有名的气味，哦，那气味对于腐肉甲虫这类夜间活动的昆虫来说简直是一种芳香的邀请。

　　过去几年里，除了布法罗的莫蒂，其他一些室内培育的巨魔芋有帕特里夏、小斯图米、奥黛丽、奥克塔维亚、

巨魔芋

罗西、小道格、特拉、克洛诺斯、美狄丝、阿尔奇、贝蒂、克莱夫、泰坦尼亚、杰西、007、莫丁、天鹅绒皇后、马克西姆斯、香奈儿、佩里、小约翰、新里基、亚伦、奥迪、甘滕、斯普劳特、沃利、莫蒂西亚，还有巨臭。

巨魔芋的温度太令我惊讶了。当你触摸一朵巨魔芋的花序时，会觉得它就跟人一样，饱含热血，你甚至会觉得自己的手随它的脉搏跳动。就在上周，我从书上读到树木是如何在地下对彼此"说话"的——遇到有毒污染或滥伐森林的情形，它们会释放出警示信息。人们还了解到树木能通过真菌网络结成联盟，建立"友谊"。所有这些发现都还很新奇，但我喜欢这个观点：植物有温度，它们可以在必要的时候变热、变冷，可以给那些能帮助它们而不是伤害它们的物种发信号。如果我们接收到植物这样的信号后，能给它回一封"电报"是多么美妙啊，尤其在他人让我们倍感孤独时。

第一次在威斯康星州观赏过巨魔芋后，我花了三年时间满世界追踪盛开的巨魔芋花。在那期间，我所遇到的几十个人中，只有一个人在听到我对这种不可思议的植物的描述后，既没有退避三舍，也没有打击、贬低我的满腔热情。当我说到"花序"这个词时，只有一个人没有皱眉。实际上，这个人还想了解更多。他居然还想亲眼看一看巨魔芋。我提醒他，巨魔芋有股难闻的臭味，他似乎一点儿也不怕。几个月后，在我们差不多一周一次的晚餐约会上，这个帅气的绿眼睛男人放下叉子，说下次巨魔芋盛开的时候，不管在哪里，他想和我一起去自驾旅行。我那时不敢相信，自己竟然如此幸运。我知道，他说他要和我一起去任何地方，他不是在说笑，他是认真的。我终于遇到了良人。

"他的眼睛会笑"，我妈妈第一次见到他后这么评价，她说他的眼睛充满了对世界的好奇和欣喜，他有本事让周围所有人都感觉很棒。"你要知道，一个男人有一双会笑的眼睛是很了不起的！"但那一刻，在餐桌上，他的眼睛并没有对着我笑。令人激动的芳香的绿色植物，饱满的野生水果的明亮光泽，让人烦乱的生理期，巨魔芋的恶臭——在一起经历了这一切之后，这个一脸严肃的男人让我明白，我终于遇到一个男人，遇到事情的时候，或者面对新鲜事物的时候，他永远不会退缩，永远不会抛下我。这是一个会为我的盛放而欣喜的男人。

七个月后，即将进入草莓季的时候，我们结为夫妇。当我们步出教堂时，朋友们将珊瑚色的玫瑰花瓣撒落在我们身上。

软帽猕猴

　　清晨，印度南方的雨水落在湖面上，湖面像长出了一脸小痘痘；下午，空气中散发着乌鸦羽毛和孜然的味道。傍晚，船夫把我们租来的船屋停泊在回水区，我让新婚丈夫看看我的脚踝——那是唯一一块裸露在扫帚裙下的皮肤。一年前，我一袭白衣，沿着教堂的过道走向这个男人，他当时看我的表情，跟我现在问他要蚊虫药膏或阿司匹林时的表情一样：一脸温柔。

　　我们靠岸后不久，一头小牛犊从丛林中跑了出来，直奔我们的船屋。小牛犊看了我们一眼，叫了一声，跟跟跄跄地走开了。几分钟后，只见这头小牛的妈妈朝我们全速飞奔而来，脖子上还挂着一块篱笆。它想知道我们对它的孩子做了什么。不用我说，你也知道此时的我们有多么害怕。我以为母牛会跳到我们的甲板上，啃我瘦瘦的棕色胳膊。但它看到我们一脸茫然的样子，打了个响鼻，又转身冲进了树林。

我们的"意外"并没有到此结束。黄昏时分，我们坐在船屋的露台上，突然听到有什么东西从岸边的椰子树上跳到我们船屋的茅草顶上。接着传来了更多的砰砰声，每一声都伴随着小声的叫唤，就像一麻袋小狗被扔到了屋顶上。我吓呆了，抓着丈夫的胳膊，环顾岸边，看树林中是否有人。现在怎么办？我们的思绪飞快地转着。船夫正在50英尺开外的餐厨区准备咖喱晚餐，我们并不想喊他们过来。我耳朵上的每一根汗毛都竖了起来，仔细辨认这奇怪声音的来源。我的丈夫小声说，一切都很正常，一切都会好的，可我分明看到他的绿眼睛睁得大大的，瞅瞅这儿，瞥瞥那儿。

太阳快落下去了，我突然发现一些木瓜果肉和鲜艳的黄绿色木瓜皮从屋顶上掉下来，落入水里。显然，有谁在吃东西，还弄得乱七八糟。果肉和种子咚咚地掉落进水里，引来了小鱼儿和小海龟。那些海龟甚至可能幸运地捕到了一只蜻蜓或者黄蜂。

在海湾的另一边，从远处村庄的火光可以判断海岸线的位置。随着最后一缕阳光的消失，"水果雨"和砰砰声停了下来。噪音的位置越来越高，越来越远了。安静了一会儿后，忽然一个巨大的东西落到了我们的船屋顶上，这个沉重的神秘玩意儿让茅草屋顶塌陷了一点儿，然后又没有动静了。最后，我的丈夫壮起胆子，朝外面探头看去。此时船夫们正在岸上，围着篝火蹲坐着吃晚餐。借着船夫点燃的灯笼，我们总算看明白了。

没错！软帽猕猴正在岸边的树上嘲笑我们！猴子在印度南部很常见，人们可以看到猴子在酒店和高层公寓楼的屋顶上晒太阳。这些猴子懂得聚集在公园和学校附近，在那些地方，小孩子会把大蕉①片和葡萄扔给它们。软帽猕猴的毛色介于灰色和米色之间——真正的米灰色——它们身高约20英寸，体重略超过4磅，比一袋白砂糖还轻。我

_____

① 大蕉（plantain），芭蕉科、芭蕉属植物，有时也被称为烹饪香蕉，是热带国家常见的香蕉品种。

们后来听到的一声巨响是一只相当肥胖的野猫发出的，它把猴子赶走后，自己待在屋顶上不走了。野猫似乎在休息，就像斜倚在躺椅上的恺撒大帝，等着来点儿点心。我的心怦怦跳起来，我们没有电话，也不知道印度语的"救命"怎么说。

另一个船夫从他的住处走了出来，想看看那声音是怎么回事。哦，我的朋友，只有在试图向老练的船夫解释你因为担心会遭到软帽猕猴的攻击所以吓得都不敢吃东西时，你才知道什么是真正的谦逊。船夫们终于弄明白了我们在担心什么，先是看看彼此，接着又看看软帽猕猴，最后哈哈大笑起来。很快，丈夫达斯汀和我也笑了起来，而且，最重要的是，那些猕猴也开始笑了起来，声音比我们所有人的笑声加起来还要大！船夫们终于不笑了，认真地告诉我们，歇在船屋顶上的肥猫不会伤害我们，不过以防万一，我们最好快点吃完咖喱虾。众所周知，这些猫会肆无忌惮地将无人照看的盘子舔干净。

我们匆匆吃完美味的餐食，回到船屋另一边的卧室。我们之前从来不锁门，但那天晚上上锁了——就好像这些猕猴知道如何转动门把手和门闩似的。我从窗口看到海湾对岸的小火苗一个接一个地渐渐熄灭。大蕉的香味弥漫在星光灿烂的海湾里。

软帽猕猴提醒我，在爱中，哈哈大笑、笑个不停的感觉是多么美妙。让我的爱人开怀大笑。让我的笑声来自一个充满爱的地方。我记得那天晚上听到的最后一个声音就是远处传来的喵喵叫和咯咯咯的笑声。我肯定，在喀拉拉邦的回水区，那些软帽猕猴仍然在大声嘲笑我们，笑我们这对夫妇，在婚姻初期那些热情又迷茫的日子里，努力于野外林莽间穿行。

日历诗艺

"诗艺"的字面意思就是"诗的艺术",一般来说,人们认为诗艺是对写作的书写——一种了解、理解诗人修辞的方式。以下就是我在纽约西部当母亲的第一年里对写作的看法:

六月

我的铁线莲盛开的白色花朵缠绕在邮箱周围的藤蔓上,所以,邮递员必须把寄给我的每一张卡片和信件从一堆星星状的花朵中塞进邮箱。在阵亡将士纪念日①的周末,我刚

---

① 美国假日,通常为五月的最后一个星期一。——编者注

生下了第一个孩子，所以这个月我只写了一首诗，但回复了每一张贺卡和信件。我写字的笔是一支犀飞利钢笔，笔尖型号是304号。生活中的其他一切都一团糟：当然，我睡眠不足，严重睡眠不足，花园的边缘在我的眼里变得模糊，闪着微光，就好像在一团火焰旁边看东西似的。但当我坐下来写作时，一切都变得井然有序。我坐在厨房餐桌旁，远离电脑蓝光。我渴望看到一封封工整的手写信，我渴望这种仪式感。我选了一叠厚厚的孔雀蓝信笺，那是我的最爱；我用手指点着一个个信封，信封里有薄薄的日本雕版印刷纸内衬；我封好每一个信封，每一个信封上都贴着一张圆形的腊肠狗地址标签贴纸；我用书法字体书写每一个地址。亲爱的丈夫替我把整摞信塞进邮箱。每天下午，我看着邮递员拿起这些信，他瞅瞅花哨的信封，摇摇头，然后把它们塞进帆布袋。

七月

　　一只蓝色的松鸦落在我窗前，说个不停。我点头。"嗯，嗯。是吗？"

八月

苹果蚜虫袭击了我的樱桃树，但我看似又恢复了写作的日程。我和丈夫轮班工作。他每天上午工作，而我是下午。我去摘蓝莓的时候，就把宝宝绑在胸前，这时我会偶然想到一些诗句。有时，运气好的话，我当天晚些时候坐下来写作时会记得这些句子，但大多数情况下，这些诗句就牵牵绊绊地挂在了浆果树枝上。

九月

首次做访问作家时，我离开了儿子。我没有逛坦佩当地的景点和商店，而是待在酒店房间里。我的确预约了参观亚利桑那州立大学的弗兰克·哈斯布鲁克昆虫收藏馆，那里收藏了65万件昆虫标本，陈列在钢制抽屉和玻璃箱中，我的确是想去瞧瞧的，但我正在以超人的方式阅读和写作。

新诗在孕育中，渐渐成形。回家后，新学年开始了。穿了一年平底鞋后，我决定穿回高跟鞋。学生们会对我不断变化的腹部形状感到惊讶吗？

十月

我反复梦见，一只大鹏——一只巨大的白鸟——把我去年在印度南部骑的小象玛丽亚带到了山上的巢穴。全城的人都涌出家门争看这一奇观。一些人向大鹏投掷水果，试图解救小象。现在，下一部书稿的核心内容已经完成，但每次梦境重现时，我都会冒着薄汗醒来。

十一月

在西雅图和纽约进行了一个月的读书活动后，我又有了许多想法。我的包里随时都放着两三个小笔记本，现在该把这些匆忙写就的东西变成诗行了。最后一只斑蝥从我的大丽花上滚落下来，它像骑自行车似的蹬着腿。这只斑螯已经烦了我一夏天了。它变成了一个深蓝色的甲壳,又干又脆。

十二月

如果一个秋天过后,花园里的蔬菜、水果的表皮变厚,坑坑洼洼,意味着严冬即将来临。红衣凤头鸟变成书页上的一道红色伤口。这个月我几乎一天写一首诗,每一首都是送给自己的小礼物,是藏在我长筒丝袜脚趾处的节日惊喜。除了我办公室的门,所有的门上都挂着冬青枝条。这间办公室里装饰得红红绿绿的,还点缀着孔雀——我最喜欢的鸟儿——图案。不过,我喜欢朴实无华的房间门。我需要这样朴素的门。

一月

我的写作进展缓慢,但在持续推进。我的朋友们说,这个漫长的冬天一结束就要养鸡。我对鸟类占卜感到很好奇，靠占卜来写作是怎么回事呢？把一只白母鸡放在一块划分成26段的木板旁边，每一段上都放点粮食，然后记录下母鸡啄食时拼出的单词。在我的写作最没灵感的时候，写诗的感觉就像这个样子。只不过我不是那只鸡，我是被啄食的米。

二月

我儿子做了他的第一个雪天使，院子里的一颗荣誉小星星。

三月

我躲在纽约的韩国城里度过了一个悠长的周末，吃了辣面条和石锅拌饭。我的第三部诗集快要完成了，是时候编排目录和全书框架了。我在三天内读完了三部小说。回到家，即便在屋子里走动和做家务时，我都会把孩子抱在怀里。我需要再次感受到我胸前他的心跳。我克制着，没有剪掉我离开时已经开过并凋谢的雪花莲。我放过了它们。

四月

　　番红花。全国诗歌月：如此多的读书会和活动（有别人主办的，有自己主办的）。当然了，这个月是绝对写不成诗歌的，不过我在等候看牙医的时候偷空写了一两行。水仙花。水仙花。水仙花。郁金香。

五月

　　我写作是因为轻盈的早晨唤醒了我，带来了一个露水般的承诺：冰雪过后，生命萌发。我打扫办公室，以此来拖延写作。这学期在大风天里完成的论文都已整理归档。我为花蕾与花朵而倾倒。草莓在我的门廊下肆意生长，尽管光线不好，我依然能感觉到浅色的草莓在兀自生长。

　　我的纱门板上生出一个乒乓球大小的青蜂蜂窝。

　　我的儿子迈出了第一步……

鲸鲨

潜水教练大喊，"身体摊平——！"我吓坏了，尽力把腿和身体摊成煎饼状。佐治亚水族馆"海洋旅行者"水箱里有600万加仑①的水，我就漂浮在水面，但我的耳朵被水淹没了，教练的指令听上去更像是"身体摊停——！"。就在几分钟前，教练一次次提醒我们这些体验浮潜的游客："如果你听到我喊'身体摊平——'，就说明你身体正下方有一条鲸鲨，把你的身体摊平，这样你的腹部就不会碰到鲸鲨的背。"我简直不敢想象竟有这样的鱼，比校车长，比校车宽，比装满人的校车还要重！我觉得鲸鲨那大张的嘴巴肯

---

① 600万加仑，约22712立方米。——编者注

鲸鲨

定会把我一口吞下。

当然，这是不可能的——鲸鲨只吃浮游生物和小虾，它的喉咙只有一枚硬币那么大——但我想象的画面是如此逼真：我年仅两岁的儿子再也不记得我了，而且永远无法摆脱丧母之痛；我是世界上第一个被温和的鲸鲨意外咬成碎片的受害者。以这样的方式离世真是糟透了！但就在我以为要撞上鲸鲨的那一刻，它往下沉了一点，刚好和我错开，一点儿也没碰到我，不过它的背鳍差点就擦到了我的腹部。要是我想摸摸它，我完全可以趁教练不注意，伸手去摸它长着斑纹的背部。但我太害怕了，除了漂浮着，什么都不敢做，在我试图躲开鲨鱼的时候，我会尽量拱起背部，收起腹部。

这条鲸鲨就好像在戏弄我一样，想吓唬我，让我知道谁才是这个水池的女王。在我的浮潜训练中，鲸鲨一次次跟我亲密接触，尽管水池里还有另外五名浮潜者和两名潜水教练。每一次，我都看到它那硕大的眼珠，像西班牙猎犬的眼睛一样好奇地转向我的面罩。潜水教练说："这种事情很少发生，更不用说几次都对着同一个人了。"

等我爬出水池的金属梯时，我几乎没法在水泥地板上行走了。在过去的半个小时里，我胳膊上、腿上的肌肉都绷得紧紧的，突然之间，就连轻便的呼吸管设备也像一袋保护草木根部的覆盖物一样沉重。在更衣室，我都没有力气重新穿上便服。当我确定其他潜水者都离开，去取他们的纪念照片时，我坐在木凳上，身上还穿着潜水衣，拉链拉到一半，我蒙着脸哭了起来。

在我母亲的家乡菲律宾，鲸鲨在民间传说中占有重要位置。我最喜欢的一个关于鲸鲨的童话故事描述了鲸鲨的来历，故事从一个名叫卡布雷的贪心少年开始。卡布雷住在东索尔省的一个小村庄里，村里的每个人都知道他把钱藏在哪里。他的一只眼睛总是瞥向左边的杨桃林，另一只眼睛总是盯着他床下的白铁饼干盒，他的银币就藏在盒子里。每天晚上，卡布雷吃过晚餐虱目鱼和海藻果冻后，就打开饼干盒的圆盖子。他把银币堆成一座银色的小城，然后把它们摔在地上，就为了听一听银币的声音，看一看银光飞溅在卧室地板上的样子。有时候，一只只蜥蜴会把闪烁的银光当成飞蛾扑闪的翅膀，它们扑上去，撞到一起，它们那鞭子似的尾巴扫着地板上的银币。其余蜥蜴从窗帘后面向外张望，摇着头，仿佛在说："不，不，不。"很快，大家就习惯了卡布雷数钱的声音，他们还盼着那声音，盼着那金属催眠曲响起。这个地方真是太安静了，只能偶尔听见一只蓝毛流浪狗的吠声。

有一天，大台风来袭，大坝显然撑不住了，村民们都逃到了东索尔山上。没有时间收拾照片、红毛丹或者念珠。除了卡布雷，所有人都已撤离村庄。卡布雷坐在家里的地板上，把饼干罐抱在胸前。那些摇着头的蜥蜴早就四散逃走了。海水冲刷着全省，把所有东西都卷进了海里。人心果小树、整片竹林全都被淹没了。以前，你可以在那里买到甜甜的汽水，汽水装在塑料袋里，还有一根吸管。可现在，就连那些倒霉的鸡和流浪狗都大张着嘴巴，被卷进了海里。

然而，卡布雷紧紧地抱着他的银币，他的银币也粘在了他身上。他把那些银币抱得那么紧，都嵌进了他的皮肉里，留下了一个个斑点，最后他的整个背部都布满了斑点。卡布雷的两条腿收缩变化成了鱼鳍，他的嘴变成了一个小孔，从孔里冒出来的气泡都是银色的。有时候，在海上，你仍然可以看到卡布雷，你会看到他的大眼睛在寻找一艘小船、一片月光。每年四月，他会回到东索尔，看看是否还落下了银币。卡布雷的钱一直在他身上，嵌进了他黝黑、坚硬的皮肤里。他太爱钱了，绝不肯放弃，所以他的腿缩成了鳍，最后他变成了一条鲸鲨。他背部的斑点看起来就像是一座闪光的城池，城池里的每一个居民都一直醒着，试图回忆起脚踩泥土时简单而甜美的日子。

尽管我在休假期间花了将近一年的时间来研究鲸鲨，但我还是没有做好准备，去面对像鲸鲨那样的庞然大物；我没有做好准备，跟一头巨大的锤头鲨——一个因突袭人类而闻名的物种——一起在水里游泳，让它那位于头部两端、相距甚远的奇异眼睛看着我；我也没有做好准备应对许多别的危险：黑尖礁鲨、豹纹鲨、沙虎鲨。"在我们进水池前，所有鲨鱼都已经吃饱了，"我们的潜水教练说，"所以不必担心。"我当然要担心了。

回顾那唯一一次和鲸鲨一起游泳的经历，我意识到自己还没有准备好向大自然完全屈服。或者更确切地说，是

鲸鲨

向人类诠释和保护的大自然——向一个巨大的水池中注入180万磅的海盐，让所有生物一起生活和游泳——完全屈服。这是为了科学研究，还是为了娱乐消遣，抑或是为了壮观的表演呢？也许三者都有。

我实现了我的人生梦想，但很长一段时间里我都无法摆脱内疚和恐惧。我儿子差点就要幼年丧母，而我的丈夫会变成鳏夫。当然，我还为鲨鱼感到遗憾。我可以离开水族馆，从亚特兰大飞回家。我渴望大地，渴望再次脚踩坚实的大地。但我知道鲸鲨属于荒野，它们在野外能做的，比沿着同一块人工种植的珊瑚和人造悬崖缓缓地扭动身体要多多了。

我给儿子带回了一个鲸鲨手套布偶。我的家人在机场接到我后，我就和儿子坐到了汽车后座上，我需要再次看到他可爱的粉嘟嘟的小脸蛋。我从背包里拿出我承诺买的礼物，递给他，他立刻就把它套在自己的小拳头上，松开拳头，让布偶的嘴巴一张一合，一张一合，一张一合。丈夫驱车带我们回家，儿子在座位上咯咯笑个不停，就好像我从没有离开过他们一样。

　　差不多十年过后，我造访过一些鲸鲨曾经出没的海域，寻找浮游生物，但再也没有看到过一只鲸鲨。"妈妈，妈妈，"儿子把他的手套布偶举到我肩膀上叫道，"我是一条鲸鲨，我要吃东西，请给我点儿吃的。"他爬到我的大腿上，跟他的布偶说话，然后又把布偶转过来问我："我们鲸鲨的家人在哪里？它们在哪里？"儿子手上的鲸鲨收缩又舒展开，张开它毛茸茸的粉红色嘴巴——然后，保持静止。在我的脑海中，布偶的嘴巴依然大张着，等待着一个答案。也许答案就浮游在那个巨大的水池里，在那里，我曾经邂逅过许多美丽而健硕的鲸鲨；如今，它们早已死去，并一次又一次，一次又一次地被替换掉了。

林鸥

在密西西比州，夏天意味着有很多蚊子。夏天也意味着成熟的西红柿，意味着桃子，意味着空气潮湿，意味着草莓成熟——不过，主要还是蚊子。早上七点半，我坐在屋后的平台上喝咖啡，我数了数：一共五只蚊子。要是我家后院里能有只小林鸥来抓住这些吸血鬼，让我做什么都可以！

遗憾的是，林鸥只生活在中美洲和南美洲，它吃蚊子和白蚁。成年的林鸥高一英尺多，脖子粗大，还有一双硕大的黄眼睛，那副模样就像刚刚目睹了满地碎玻璃的车祸现场。林鸥的脚趾和跗跖骨都是鲜艳的黄色，但最让人们印象深刻的还是它那交通信号灯一样的眼睛。

　　有些人称这种鸟儿不过是"会飞的嘴巴和眼睛"，但在南半球潮湿的丛林中，林鸱可是伪装大师呢。林鸱是夜行鸟，对自己的伪装技能非常自信，自信到可以在光天化日下睡大觉。它们闭上硕大的眼睛，脑袋朝树的方向歪斜着，然后摆弄好它们那神秘的羽毛，模仿出像一截断了的树枝一样的姿势，即便是最敏锐的眼睛也很难分辨哪儿是树哪儿是鸟。只有当一阵微风掠过，吹动其羽毛时，它们那纹丝不动的绝妙伪装才会暴露。即便在饥饿的时候，它们也只会等昆虫飞近了再出手，然后把猎物带回家。

　　林鸱属于少数从不筑巢的一类鸟——它们把蛋生在树枝凹陷处，一窝单卵，蛋壳为白色，带有紫色斑点，雄鸟和雌鸟轮流孵蛋。刚出壳的雏鸟羽毛是纯白的，当它长大，再也无法藏在父母身下时，它便会学习一动不动的姿势，把自己伪装成一团白色的蘑菇。

　　像林鸱这种以坚忍和安静著称的鸟儿，它的叫声如果算不上吓人的话，也称得上很滑稽了。要是你闭上眼睛，你永远也想不到那叫声竟然是一种一脸严肃的鸟儿发出来的。那种声音，就像是把虎啸与蛙鸣结合起来的效果，而且老虎和青蛙都处于严重的肠胃不适的状态。要是我在巴西热带雨林里听到了这种叫声，我会以为我的末日到了——林鸥的叫声就是这么让人胆战心惊、毛骨悚然。史蒂文·希尔蒂（Steven Hilty）在《委内瑞拉的鸟》（*Birds of Venezuela*）一书中将其描述为"一种相当响亮、粗犷的声音，渐渐低下去，有点像人类的干呕声"。换句话说，那声音简直就是噩梦。也许林鸥选择过一种静止而孤独的生活，是为了平衡它那鲁莽的叫声？林鸥的确会保持一段时间静止不动，但谁不想在户外高兴地鸣叫，宣布自己的存在——"我在这里，我存在"——呢？

跟林鸥一样，我从小到大都想要融入——于我而言，是融入金发同龄人的圈子。我又怎会知道其他事情呢？童年时，我感觉最常被看到并不是在任何电视节目或电影中，而是当我在户外时，在森林、在田野、在湖畔、在海边的时候。我从观鸟中学会了如何保持静止。如果我想要看到它们，就必须像它们一样保持静止，在这个希望棕皮肤女孩行动迅速的世界里缓慢移动。六岁那年，我学会了召唤红衣凤头鸟，还能跟它来一场完整的对话。我记得父亲给我的第一个礼物就是一个红衣凤头鸟形状的哨子。给哨子灌满水，然后吹那个大尾巴上的塑料管，就能惟妙惟肖地模仿红衣凤头鸟的独特啁啾声，甚至还能招来真正的红衣凤头鸟，它飞到我们院子，看我要对它说什么。

到最后，我甚至不再使用这个哨子，而是学会了自己吹口哨。第一次吹口哨是在俄亥俄州，在大学期间，我觉得校园的椭圆形大草坪周围没人散步，就吹了起来。第二次吹口哨是在威斯康星州，我在那里读了一年的研究生。我绕着门多塔湖走了很久，绞尽脑汁，想竭力吹出一句诗，然后写进我的第一本诗集里。对我来说，让鸟儿当我的听众太简单了。我希望自己也能成为鸟儿的轻松愉悦的听众，即便我听不懂它们的语言，但还是会给它们一些微不足道的"回应"。

与鸟儿对话一直是我的秘密，我的丈夫都不知道。直到春末的一天，他早早下班回家，发现我竟然在后院与一只恼怒的红衣凤头鸟以及它的伴侣聊了好久。两只鸟儿都站在我头顶的树枝上，似乎很享受我们之间的对话，但它们那尖厉刺耳的啁啾声听起来越来越坚决，我不得不承认，我的回答有点随意，然后"噗"的一声，它们从树上飞走，我们的对话就此中断。我转过身，我丈夫惊讶得张大了嘴巴。我们都结婚十年了，这是他第一次见我露出这一手。

我确定，我的嘴里没有魔法，我的舌头也毫无特别之处。但非要说有什么神奇的地方的话，那就是你安静地走进林间的方式——在一个想要我们加速前行的世界中，你保持内心的宁静，并且放慢脚步。跟鸟儿交谈的秘诀就是，你进入它们的领地时，身体四肢保持缓慢而平稳，每一次移动和折弯树枝草叶的举动，都要经过深思熟虑。林鸥会因为静止不动而获得奖赏，它的午餐会自动飞到嘴边。也许你可以像林鸥一样，尝试一下保持些许安静，在你的安静中发现柔情。毕竟，谁知道会有什么长羽毛的礼物在等着你呢？

卡拉卡拉脐橙

　　"橙子熟了吗？"自从搬到佛罗里达中部后，我的父母就频频被人问起这个问题。他们的邻居、教会朋友和女儿们总是想知道橙子熟了没有——这是一个全年都在讨论的话题。母亲退休后，他俩搬到了俄亥俄州，不到一年的时间里，他们就有了三棵脐橙树，还不得不请求住地所在的住宅委员会来种这些树。他们盖新房子的时候，又把这三棵树挖出来移栽到新住处，并且增加了七棵，此外还种了橘树和柚子树。我上一次看望他们时，发现又多了一棵果实累累的柠檬树，都长到与我的下巴齐高了。

　　卡拉卡拉脐橙中等大小，因为日晒雨淋，果皮斑驳，有很多擦伤的痕迹。这些脐橙的果肉呈深粉色，比葡萄柚颜色深，味道甘甜极了。卡拉卡拉脐橙与其他橙子的不同之处——同时也是我喜欢它们的原因——在于它们那类似樱桃和玫瑰花瓣的香味，这基本上就是你一口咬下后去尝到的味道：水分充足，香味四溢。放寒假和春假时，我会去中佛罗里达看望父母，那会儿正是卡拉卡拉脐橙成熟的旺季。在由冬到春的这个过渡期，许多公路沿线的卡拉卡拉脐橙树枝上都挂着沉甸甸的橙色果实。你几乎可以想象，当你开车疾驰而过时，眼前的情景就仿佛有人向你投掷橙色的纸屑。在我们长达十二个小时的公路旅行中，我在途径的一个个佛罗里达州小镇的公路边缘寻找那些闪光的橙子。它们就在这里——好多好多卡拉卡拉脐橙从橙汁厂的卡车上掉下来，被人们清理到路边。

　　小时候，母亲要求我早餐后吃一个橙子，午饭后再吃一个，当成零食和甜点来吃。一开始我还乖乖听话，直到进入骄纵的少女时代的尾声，我开始讨厌橙子了。有时候我说"不"，就只是为了说"不"。我想出于自己的意愿吃橙子，出于我自己的想法。当我提出想吃别的水果时，我母亲会很气恼，"还有什么别的水果？我们摘了这么多橙子，你爸爸和我今早摘的，为你摘的！"

结婚时，我知道母亲喜爱我的丈夫，我也知道她喜欢我的公婆，因为她会送他们这些橙子，这是她和我父亲花园里最珍贵的礼物。在我的儿子们终于长大到可以吃固体食物后，她的一大乐事就是亲手喂他们吃新鲜的橙瓣——橙瓣上的所有白络都被她体贴地撕下来了，就为了让他们一口咬下去只有满口甘甜。母亲的外孙们会摇摇晃晃地走到她跟前，拍着小手，有时候甚至会在厨房中央又蹦又跳，大声喊着还要吃"橙只"。"你瞧，"她会跟我说，"你的儿子以后就比你健康。看看他们吃了多少瓣！你今天才吃了一瓣，真是太差劲了！"然后她又转身去忙活她的橙子事业，愉快地擦去外孙们亮堂堂的脸蛋上的橙子汁，看他们兴高采烈的样子——他们的牙齿还没长齐，笑起来就像南瓜灯一样。她看着他们，不亦乐乎。

现在，在密西西比州缓慢悠长的冬日里，在新学期还未开始的假期里，我想念父母的欢笑声。当我看到堆成小山的其他品种的橙子被擦洗干净，没有一丝来自佛罗里达树林中的自然污渍，我又想起了那个关于卡拉卡拉脐橙的问题——

这些橙子熟了吗？这些呢？这个呢？超市里的橙子看上去真让人受不了，就像我儿子玩具购物车塑料筐里装的塑料水果。我一点儿也不想要那些漂白发亮的水果。

在我品尝过卡拉卡拉脐橙那芬芳的玫瑰和樱桃味后，怎么可能还会钟情于别的橙子？我告诉儿子说他们有一段时间连"橙子"的发音都说不准，他们不相信。他们也不相信自己有一段时间连"佛罗里达"的"罗里"都说不准，总是说"佛达！佛达！"在他们小时候，我必须很严肃地提醒他们已经过了上床睡觉的时间，或者不准他们吃太多饼干，那时他们就总是说，"不嘛！不嘛——我要去佛达！"佛达——佛罗里达——在那里，他们随便把什么塞进肚子，外公外婆都没有意见。他们也不敢相信，现在的超市里也许没有卡拉卡拉脐橙售卖。"我们回外婆的院子吧！"小儿子一边说着，一边把购物车推到收银台前，"我想采多少就采多少，她从来都不生气！"

我把挑选的商品放在收银台传送带上，心想：她当然不会生气啦，你们哥俩就是她一直想榨出水儿来的又胖又甜的果子呢。每次看到令人悲伤的新闻——又有孩子被杀害，亚马孙雨林燃烧数周——我都会想到这种橙子，想到它的甘甜，想到它给那么多家庭带来欢笑。对于每天都在发生的悲剧，我试着伸出援手——捐款、提供生活物资——但我的内心渴望一个温柔的地方，在那里，人们会将新鲜的水果送给对方，送给陌生人。"一定的，宝贝儿，"我一边把甜瓜放到收银台上，一边对儿子说，"我们很快就去佛达，我们早就该去了。"

章鱼

一条章鱼死后变成了淡紫色，就像星星出来之前爱琴海天空的颜色。这是唯一一次，我手里捧着一只章鱼，在希腊北部的萨索斯岛（Thasos）上。我和家人在岛上待了近一个月，即将返回。那段时间，我每天上午都给来自世界各地的学生讲授诗歌，下午则与我的丈夫和年幼的儿子在绿松石色的海湾里潜水。一天，我们所住旅社的老板塔索斯（Tassos）说，他那天上午要去捕捞章鱼。我立刻要求跟他一起去。我们在岛上的时候，每周总能吃两次新鲜的章鱼，我很想看看这道美味的开胃菜是怎么捕捞的，是怎么从海里被带到餐桌上的。尤其让我感到兴奋的是，塔索斯是大名鼎鼎的希腊特种部队队员，希腊特种部队就相当于美国的海豹突击队。岛上人都知道，他能在水下屏住呼吸待超长时间。

当然，我们对章鱼的智力都有所耳闻，但也许并不是每个人这辈子都能完全弄明白章鱼有多么聪明、多么敏锐。章鱼的触手就像一个星号，关于章鱼智力的每一句话，我们不妨也打个星号。章鱼的脑袋就在眼睛后面，实际上，那不是脑袋，而是章鱼的身体。章鱼每次吃东西，吞下螃蟹或者蛤蜊时，它的头部会根据需要自动伸展开，给食道腾出空间。章鱼还是少有的广泛存在于地球上各个海洋的动物。太平洋、大西洋、印度洋，甚至北极和南极都有它们的身影。众所周知，它们无处不在，海岸线附近有它们的踪迹，6000英尺深的海下也有它们出没的身影——蜷缩在深海热液喷口①附近。

塔索斯准时出现在海滩上，他穿着潜水服，装备齐全，挥舞着长矛。我和孩子们一起待在海滩上，我的丈夫和其他师生一起下水去了。按照我丈夫达斯汀的说法，有关塔索

① 海底沿着地壳裂口逐渐形成了热液喷口。海水沿裂隙向下渗流，受岩浆热源的加热，再集中向上流动并喷发，就形成了深海热液喷口。

斯的每一条传言——还有更多——都千真万确。塔索斯可以自由潜水到很深的地方，跟他一起捕猎的其他人完全看不到他，即便海水澄澈清亮，人们也看不到他的一丝影子。

我在岸上等待他们带着战利品凯旋，在此期间我捡了一堆光滑的纯白色鹅卵石放在衣服口袋里，还努力找来些海玻璃①哄我的大儿子开心。他们把他丢下，他难受极了，到现在还瘪着嘴巴呢。我努力安慰他，说海水太冷了，太深了，太吓人了，可这——的确很不公平，把他留下来跟妈妈和弟弟一起在海滩上闲逛，尤其是想到他那么喜欢章鱼。三年前的万圣节，他穿得就像一只头足类动物，最近的一次，他装扮成一只蓝环章鱼②，那一身行头还是我给他缝的，衣服上还配有泡泡灯做的章鱼眼睛。

章鱼的眼睛眯成了一条缝，那就是一扇门，它在这扇门后评判我们。我确信，章鱼知道我们人类把一切都搞砸

---

① 海玻璃（sea glass），在海水中或海滩上经过海水、海沙长时间打磨后失去棱角，变得如同鹅卵石般圆滑的人工废弃玻璃。

② 蓝环章鱼（学名：*Hapalochlaen maculosa*），一种很小的章鱼品种，臂跨不超过15厘米，体形只有高尔夫球大小，体表为黄褐色。蓝环章鱼有剧毒，被这种小章鱼咬上一口就会丧命。

了，短短几十年间，对所有动物来说，海洋就已变得不再宜居。章鱼的瞳孔保持水平状，就像平静水面上的木筏——即便在翻跟头时也是如此——永远不会变成猫咪的竖瞳状。而且，这神奇的眼睛周围的皮肤也非常不可思议，具有形成"睫毛"或者胡须的能力，在它觉得危险的时候会派上用场。但即使你能让章鱼长出睫毛，你也可以肯定，它的眼睛会一直死死地盯着你——你的手臂上没有神经智能或者味觉传感器，而章鱼的每一条触腕上都分布着三百个吸盘，你一个都没有！这些吸盘加起来大约共有一万个感觉神经元，能感知纹理、形状，更重要的是，能感知味道。我们的双手内侧哪怕有一个吸盘也不得了啊！一时间，你会想，章鱼一定会对你深表同情，因为你没有这些高级货。

一次，西雅图水族馆的两个科学家进行了一个试验，看章鱼能否识别不同的人。每一天，他们都比以往更频繁地接近他们的八只章鱼，一位科学家把一条硬毛扫帚藏在身后，并用扫帚去戳这些章鱼，而另一位则拿着食物靠近。两位科学家穿着同样的蓝色套头衫，体重都差不多，他们每次还会交换站在水箱旁边的位置，但是不到一周，这些

章鱼

章鱼就能准确地识别出他们中谁是谁了，一只章鱼甚至将它的虹吸管对准拿扫帚的科学家，还向他喷水，其余章鱼则很高兴似的凑到拿食物的科学家跟前。

等了差不多一个小时，我看到我丈夫和那群章鱼"猎人"游回来了。其中两人——我的两个学生——朝我跑过来，我知道，这只有一个原因。只见他们轻轻捧着一只章鱼，把章鱼拿到他们老师面前，这个月的大部分时间，他们的老师都巴望着能见到一只活的章鱼。"快把你的手摊开！"他们大声喊道，并把章鱼送到我平摊开的手中。我看到章鱼在我的手上，身体的颜色开始变浅，抖动着变成浅紫色，但这颜色跟我在水族馆看到的健康斑驳的紫色和坚果似的米红色完全不一样啊。章鱼的三颗心脏跳得越来越慢，还有几分钟就要死了，我却浑然不知。

相反，我盯着它金色的眼睛，看它打量我的身形，看它的触腕绕着我的手腕，垂下来，又往上缠住我的小臂，把我裹起来，品尝我的味道。我捧着它的时候，它感受我、了解我，它感受到了多少呢？它会感觉我对它的喜爱吗？它会感觉到我的兴奋吗？抑或，当我意识到它就要在我手中死去时，它能感觉到我深深的绝望吗？我只知道，我从来没有被另外一种生物如此仔细地打量、品味和质疑过。

我的大儿子忽然惊慌起来——"它怎么不动了，妈妈？我们把它放回去吧。它可能太害怕了！"我们试图把它放回水里，让它醒过来，可它那浅紫色的身体漂浮在涌上岸的潮水中，在纯白色的海滩上闪着幽幽的光。它承受了太多压力，太多人的手把它从海水里捞起来，这对它来说太难承受了；这样的生物更喜欢孤独地老去，那是一个缓慢而平衡的过程，没有太多的动作，只是拥抱周围的世界和海水。大家都不说话了。一些学生悄悄地走开，收拾毛巾离开了。

我的儿子再也没有吃过一只章鱼。

灰色玄凤鹦鹉

　　父母心爱的灰色玄凤鹦鹉奇科飞走了，父亲开着车绕湖兜了一圈又一圈——外面气温约32摄氏度，他把车窗摇了下来——用带着浓重椰子味的印度口音呼唤鸟的名字。母亲则在人行道上踱来踱去，把奇科那白色三层铁笼子高高地举过头顶，笼子门敞开着，希望奇科能直接飞回来，直奔它那装着饱满的葵瓜子和小米粒的瓷杯。

　　我和妹妹参加工作后，就不需要回去跟他们住了，我的父母跟许多子女离家后的家长一样，做了这件事：买了一只宠物——灰色玄凤鹦鹉。灰色玄凤鹦鹉是玄凤鹦鹉家族中个头最小的，大部分——你猜对了——都是灰色的，但也有白色的，大多数都有一个奶黄色的脸蛋。玄凤鹦鹉的"切达奶酪脸"可谓鼎鼎有名，每一边脸颊上都有一块小小的橘色斑块，让它们成了禽鸟界的小丑。它们有大约三个苹果那么高，体重比一副纸牌还轻，平均寿命在20到25岁。它们的尾巴尖尖的，而非扇形，这在鹦鹉家族中是独一无二的。玄凤鹦鹉很好养——它们每天至少要睡十二个小时——对退休的人来说堪称完美。

每天早晨，在冲杯咖啡喝之前，母亲先轻轻地拿掉奇科的笼子外面的布罩，把盖子打开一半，这样奇科就可以爬出来散步，待在某个地方，跟他们吵吵嘴，一直到晚饭时分，那时，它就会吹着口哨说"我现在想要睡觉了"。然后我母亲就会放下她的纵横字谜，关上奇科的笼子，跟它道晚安，然后把布罩放下来，调暗笼子的光线。这就是它的日常，美好、平静、抚慰人心。

但是在一个倒霉的春日，车库门和家门都开着，我父母很快就发现，几个月来，他俩谁都没有修剪奇科的飞羽。一辆摩托车在他们的街道上疾驰而过，发出巨大的响声，奇科也跟着飞走了，享受着刚刚获得的自由，沿着街道疾飞，直奔湖的方向。

灰色玄凤鹦鹉

　　玄凤鹦鹉不会学舌，但它却是唯一一种以吹口哨著称的鹦鹉。有些玄凤鹦鹉会吹整首曲子，不过那还是十分少见的。你可以教玄凤鹦鹉以下技巧：翻跟斗、握手、听口令飞出去和飞回来、展开翅膀来个拥抱、吹口哨。以上这些把戏，奇科一个都不会，但它知道一首马拉雅拉姆语歌曲的一段：塔—塔—普查—普查！塔—塔—普查—普查！翻译出来大概意思就是：小心那只猫！不过我父母并没有养猫。

　　他们整个下午都在绕着湖转，呼喊奇科的名字，但无济于事。黄昏时分，父亲最后停下车，哭了起来，母亲走到驾驶座的窗边，把奇科的一根叮当作响的玩具绳扔到父亲腿上，抱怨道，"这玩意儿有啥用，有啥用？"

　　他们瘦瘦的小鸟肯定很快就会命丧老鹰之手，抑或被佛罗里达的热浪吞噬。父亲把方向盘握得更紧了，好像要把他沉重的啜泣声拼命捏在黑暗的手心一样，忽然，它来了——他们非常熟悉的尖叫，小小的白色鸡冠头，那明亮闪耀的黄色和灰色——它就站在柿子树的树梢。它温柔的爪子连柿子果皮都没有抓伤。父亲把它放到一把撑开的黑伞里，二人轻柔地唤着他们幸运归来的鸟儿。那天晚上，他们在厨房水池边修剪了鹦鹉的翅膀。白天，他们沿湖走了数千米，因而晚上睡得很香，他们感觉床更加柔软，他们的心中充满希望。正如艾米莉·狄金森所写，希望是长羽毛的东西。

火龙果

火龙果的霓虹粉在夏日里闪亮登场。我听着流行音乐，把太阳镜架在头顶，天气太热了，不适合穿袜子。夏天意味着坐在校车最后一排，听着最佳音乐电视节目，用波波阳泡泡糖吹出一个富有弹性的泡泡，然后"啪"地一声爆掉。霓虹粉仿佛就是电刑，我的父母绝不允许我用这种颜色的口红，这种口红里全是珍珠粉和说不清道不明的化学物质。不过，乔治男孩①和惠特妮·休斯顿都用这种颜色的口红；在我最珍爱的专辑封面上，杜兰杜兰乐队诸位成员也涂着这种颜色的口红。

---

① 乔治男孩（Boy George），英国创作歌手，新浪潮乐队文化俱乐部主唱，20世纪80年代最具号召力的流行偶像。

你也许会想，一个如此高调的水果应该有着不折不扣惹火的味道，但大多数人都认为，尽管火龙果的名字听上去有一种躁动的感觉，尝起来却像最娴静的甜瓜。不过，父母种在后院的火龙果对我来说，味道就像桃子一样甜。这些果子都是他们亲自浇水、照料的，他们每次去后院都会很得意地带个袋子，把火龙果摘下来放进袋子里。火龙果原产于中美洲，但我第一次吃火龙果却是在新加坡的一次晚宴上。当时，我在新加坡的一所大学做访问作家，我把母亲也带来了，作为我的客人。第一次见到火龙果时，我就被它的颜色迷住了，随即出发去寻找更多的火龙果。休息期间，我叫出租车拉着我们去老巴刹美食广场（Lau Pa Sat）——位于新加坡中心地带的一个著名美食中心。那里的大排档聚集了当地的各色美食。在那儿，主办方向我说明，火龙果是许多小吃摊上的一大特色——许多五颜六色的奶昔、冰激凌和果酱里都有火龙果。

要了解这种颜色艳丽的水果，我们先从我所见过的最超凡脱俗的花朵的绽放说起吧。火龙果的花只开一个晚上，也就是说，火龙果只有一个夜晚的宝贵时间用来授粉。也

火龙果

许是蝙蝠，也许是蜜蜂，它们给火龙果授粉，使花变成果。如果没有完成授粉，这朵6英寸长、白中带绿的花朵天亮前就会凋谢——你只会看到蝙蝠那窸窣作响的温热的翅膀拍打着褶皱、苍白的花朵。

火龙果的名字充满梦幻色彩，它的别名也很梦幻：灰姑娘、夜花仙人掌，或者草莓梨。不过，诱人的火龙果是实实在在的，并非梦幻之物。火龙果的果皮富含番茄红素，所以呈现出鲜艳的红色，十分抢眼。每一个火龙果会长到3至4英寸长，周身附着柔嫩的叶片状果皮，就像龙身上的鳞片；苍白的果肉里含有乌黑细小的种子，就像猕猴桃的种子似的。事实上，人们常常把火龙果的口感比作味道稍淡的猕猴桃——甜味没那么重，但仍然很甜——尤其是冰冻过后。

在我们当地的超市偶尔会买到火龙果，我喜欢用它来做一种漂亮的鸡尾酒，特别适合夏天喝。做法如下：取一只火龙果，去掉果皮，把果肉和三分之一杯伏特加、一点鲜榨酸橙汁以及四分之一杯椰奶混合，加入一些冰块，让玻璃杯微微"冒汗"，再装饰一片火龙果，营造出热带氛围。

在密西西比州，有好几周，室外的空气热得就像一条打盹的龙呼出的气。没有比这更甜美的鸡尾酒了，它让我在这昏昏欲睡的悠长夏夜感到舒缓放松。如果你晒伤了，可以弄一点火龙果肉，捣碎后涂抹在晒红的皮肤上，其舒缓效果就跟芦荟一样。当我们看到这个粉红色的蛋形果实，它既可以是野性十足的，也可以是抚慰身心的香脂。一年中的某个时节，肆意的阳光似乎不只是把你从一个静止的冬天拽出来，还把你推进了一个活力四射、热火朝天的季节——你碰触到的一切东西似乎都会烫伤你，让你的手起水泡。而火龙果，就在这个季节上市了。

火烈鸟

一只火烈鸟回到盐碱湖觅食、跳舞。火烈鸟纺锤棒一样的腿关节向后弯曲，迈着交叉的舞步。厚厚的盐壳在高温下烘烤着——完美的富钠泥土形成了岩石般坚硬的"塔楼"，大约两英尺高，这就是火烈鸟用来孵蛋的巢，它们只孵一枚蛋。火烈鸟聚集的湖泊里几乎没有鱼类，因此它们无须与任何生物争抢自己喜爱的食物——藻类。

我大一那年，十七岁，仍然在长个子，腿长得比身体快。下课后，我和朋友逛二手店，在男装区找牛仔裤。我腰围很小，臀部没肉。在UDF（联合奶农便利店，多在美国中西部），离新生荣誉宿舍最近的便利店，二十好几的男生会跟我们搭讪。课间休息时分，我和闺蜜一人买一个一美元的冰激凌，如果我们再多几个媚笑，并向收银小哥承诺稍后一定在聚会上露脸，就可以凑够钱买一品脱冰激凌来分享。当然，这些聚会都是杜撰出来的。

火烈鸟是一夫一妻制，为了找到一个伴侣来一起建造爱巢，火烈鸟会跳起求偶的舞蹈。所有鸟儿的舞步紧挨着，交织在一起。它们的脖子强劲有力，它们高扬着头，齐头并进，一边左右摆动着喙，一边发出叫声。在这场充满节奏感的模仿秀舞蹈中，尤其是几十万只鸟儿聚集在一起时，跳得最欢的那些火烈鸟顺利地找到了伴侣。它们努力寻找合适的伴侣，期待能共同走过漫长的岁月——火烈鸟是地球上寿命最长的鸟之一，大约能活到50岁。

有时候，我们会在俱乐部和年长的男人跳舞。我承认，我的棕色皮肤颇受关注，这让我受宠若惊；反观中学时代的那些岁月，我戴着一副粉色塑料眼镜，埋头读书，基本上没有男生注意到我。从12岁开始，我的两条瘦腿儿抽筋，让我整个晚上睡不安宁。有时候我会哭着跌跌撞撞地走进父母的卧室，见到月光洒在他们身上。他俩总有一个会醒来，趿拉着鞋下楼，烧开水，灌到热水瓶给我热敷，同时给我按摩腿，等我的腿热乎起来了，变得柔软，我终于不哭了，睡着了。吃泰诺根本没有用。第二天，他们安慰我说："你在长个儿，你在长个儿，仅此而已，你的腿会长得很长，很棒，非常棒！"

火烈鸟睡觉时，会将一条腿藏在羽毛下，与另一条腿交替站立，以此调节身体的热量并保持一条腿始终是温暖的。我们以为的火烈鸟的膝盖其实是它的脚踝。火烈鸟真正的膝盖藏在腹部羽毛下，不易被看见。

我不想说火烈鸟的集体舞看起来像游行，因为"游行"一词如今似乎都指涉战争或暴力，比如最近发生在佛罗里达的一件事。坦帕的布希公园里有一只特别可爱的火烈鸟"粉粉"，它被评为动物园的吉祥物，因此成了那里最受欢迎的动物之一。动物园的纪念品商店里，孩子们最喜欢印有这只著名火烈鸟图案的纪念品，直到有一天，坦帕发生了有史以来最骇人听闻的动物园袭击事件。那真是可怕的一天，动物园里的人都注意到了这个45岁的男人，他举止有些古怪，来回踱着步，但谁都想不出，他为什么要走上前去，一把抓住粉粉的脖子——当着那么多孩子的面——

把这只5磅重的鸟儿高高举过头顶，蛮横地将它砸到滚烫的水泥地上。粉粉的脚受了重伤，几乎断了。第二天，兽医们给它实行安乐死的时候都难过得哭了。

我和我的闺蜜们会去大学酒吧跳舞，除了水，其他什么都不喝，而且我们总是成群结队地走回家，最少也是两人结伴而行。我们在白天好好学习，晚上有时会来个"迪斯科休息法"，在外面待到很晚。晚上九点左右，我们开始准备，基本上不需要带身份证件，穿着男装牛仔裤和笨重的黑皮鞋，戴着一堆项链和薄薄的皮手镯，踩着华尔兹舞步走进酒吧。我们听闻女孩再也没回家的若干传言。我以为那只是20世纪90年代才会发生的事——你还没来得及登记，没来得及打电话向朋友求助，或者按下电话键报警。但25年后，母校又发生了一起年轻姑娘失踪的案件：

有人最后一次见到她是在九点三刻，那时酒吧都还没打扫卫生和关门呢。

我们就像火烈鸟一样，主要在夜里长途飞行。很多绑架案都发生在黑暗中，发生在我们自以为很安全时，发生在日常生活中，发生在似乎根本不会发生"坏事"的地方。火烈鸟在白天飞行时，看起来的确很滑稽，它的长腿耷拉下来，悬在毛蓬蓬的身体下。

有人报警说第二天他们在当地一个公园发现了她的尸体。

黑暗隐藏在艳丽的舞蹈下。人人都觉得火烈鸟是粉色的，但火烈鸟也有12根大飞羽，通常在飞行的时候可以看到。那真是出人意料的黑色，隐藏在令人愉悦的粉色下面。

有人说她刚刚从当地一家餐馆下班。

25年前，大一的我和闺蜜们每当周三到周六晚上都会去跳舞，这是我们的生活日常。25年后的今天，我是一所州立大学的教授。如果我晚上要出门，通常都是为孩子们的深夜手工活动买材料。在黑暗的停车场里我仍会回头看，我会给丈夫发短信让他知道我正开车回家。

有人说她还有不到三个月就毕业了。

我看到女生们走在校园附近的人行道上，她们要去跳舞。就像我过去那样，即便不是周末，她们也要去跳舞。一次又一次，我为她们所有人默默祈祷，我祈祷她们能在深夜安全返家。到目前为止，她们都安全回家了。每当我看到一群年轻女孩子外出，我就忍不住为她们默祷：愿她们今晚能安全地钻进被窝，愿她们的父母能在卧室里安眠，不要接到让人惊慌失措的深夜来电。

我们并不知道，在一轮明月下，当粉红与乌黑的羽翼掠过时，黑夜里会闪烁点点银光，传来低沉的雷声。在地面上跳着欢快的舞时，我们听不到这惊心动魄的风声，但我们应该试着去听一听。我们应该去听一听。

五彩鳗

　　一条色泽艳丽的鳗鲡躲在珊瑚后面，觉察到附近来了一条孔雀鱼。如果它想让这条孔雀鱼成为自己的点心，只需将自己的身体舒展开，就像在海里剥开一块丝带糖果，让它慢慢变软。哦不，这么说不对。它身体扭动的样子——整个身体呈波浪似的摆动——就像舌头在抖动：向丈夫汇报和三岁的小儿子贾斯珀单独度过的一天中所发生的一切琐事时，我的舌头也会这样兴奋地抖动。

　　雄性五彩鳗细长的背鳍呈现一种十分醒目的浅黄色，腹部则是抢眼的深蓝色。雌性五彩鳗通体黄色，有一米多长。所有的五彩鳗生来都是雄性，全身黑色，它们是雄性先熟的生物，只有在需要繁殖时才会转变为雌性。在一个月的时间里，这些雌性五彩鳗交配、产卵，然后死去，所以在野外极少能见到一只雌性五彩鳗。五彩鳗的鼻部两侧长着两片细长的叶片状"鼻孔"，这对鼻孔帮助它在昏暗的海底探测游动的猎物。五彩鳗的下颚还长着一撮黄色的"山羊胡"，它的所有味蕾都长在下颚。

　　五彩鳗很喜欢在同一个礁石洞里或者珊瑚礁里待上许多年。它探出头来，嘴巴张得大大的，一副欣喜若狂的模样，似乎在说："哇，瞧，这里多壮观啊，这就是我的家！"其实，它不过是在吸入水流，水流经鳃帮助它呼吸而已，这就是它每天大部分时间里所做的事。同时它还把那漂亮的扁平的身体藏了起来。在这种条件下，五彩鳗健康地生活着，寿命可达20年。不过，五彩鳗面临的最大威胁是家庭养殖，因为它在圈养的环境中活不久。把五彩鳗养在水箱里，它很快就不进食了，这是它的无声抗议，它受不了人类丑陋的手把它们漂亮的身体捧起来放进一个大袋子或者水桶里。大多数家养五彩鳗都活不过一年。

　　如果你戴着水肺潜水时，一条五彩鳗恰好从你上方扭动着身体迅速闪开，你也许都看不到它——上方折射的天空颜色完美地掩盖了它的腹部。它游走的时候你也许会感觉到一小股水流，但你抬头一看，什么都没有呀。我上次在中国南海潜水时，差不多刚怀孕三个月，谢天谢地，五彩鳗一般都不会靠近水面。一想到那带子一样的身体，像波浪一般扭动，犹如音波的卡通版形状，我的心就往下一沉。我一般不怕陆地上的蛇，但水里每条游过的小鱼都让五彩鳗又惊又喜，嘴巴张得大大的，一动不动，看到那张大嘴，我除了开心，还有一丝丝害怕。

在我的小儿子年幼时，朋友和左邻右舍都知道，假如遇到什么让他大吃一惊的事情，他的小嘴就会张得大大的。他似乎从来都不会觉得累。睡前我关掉灯，小声说现在该睡觉了。同时，我的眼睛也慢慢地适应了黑暗，借着照进房间的月光，我会看到他依然瞪着我，眼睛大得像巧克力麦丽素。当他高兴时，噘着的嘴巴大张着合不拢。他的眉毛细细的，头发像平整的猫头鹰的羽毛。他唯一不会表现出惊奇的时候，是他乖乖睡着了的时候，而这在他还小的那几年里可真是太稀罕了。不过，等他终于睡着时，他在我的胸前睡得多么香啊！等醒来时，我俩都有点汗涔涔的，尽管这是在纽约西部寒冷的冬日里。

就这样，在他生命中的第一个寒冷的季节里，有时候经过一个晚上的时间就会积起一两英尺厚的雪，我们裹着毯子，度过那些平静的日子。在忙碌的学年中，我会忽略掉很多事情，而现在事事都能让人惊讶得张大嘴巴。老大出生后我没法待在家里带他，所以我特别珍惜跟小儿子在一起的这些缓慢的时光，即便这个小淘气在两岁前几乎就没有一觉睡足过三个小时。也许在那些迷迷糊糊的日子里，我唯一能做的事情就是感到惊奇。万物皆奇妙。

他总是会坐在床上，在我们夫妇俩中间坐得直直的，月光洒在脸上，时钟滴答作响，只有我们俩中的某一个带着他在客厅里"跳舞"或者抱着他在屋子里"游览"后，他才会有睡意。我怎么会忘记那些时刻呢？那段时间我写不出诗歌来。我想不出一句诗来，但我总可以惊叹，总可以向他展示"礁石洞"中那些简简单单的宝贝的细节："这是洗衣房，我们就在这个机器里洗衣服。这是壁橱，看看里面有什么呢——呀，有一个扫帚和一个吸尘器！等你长大了你就可以玩这些东西了，你可以用它来打扫房子！"还有他的最爱：电灯开关！每个房间都有电灯开关！餐厅的电灯开关是一个可以调节亮度的表盘，他最喜欢玩这个了，我得把它留到最后。我们慢慢朝表盘走去的时候，他会热切地踢着小腿儿，但我会逗逗他，我飞快地调转方向跑进厨房："看看抽屉里的这些勺子！这是我们结婚时的餐具，可能我们再也不会拿出来用了！对了，等等，我们是不是忘了那个表盘开关？我真希望能有个小宝宝知道怎么把这盏灯打开！那个小宝宝是你吗？"

也许是因为在我儿子生命的最初几年里，在这些夜间活动中，我们总是小声说话，我儿子的表情经常会像五彩鳗一样。尤其在密西西比州，我们白天主要在户外，他总会说："妈妈！看看我！快看这个！妈妈，看我打出本垒打！妈妈，你看到那只青蛙了吗？看！你看到我能跳多高了吗？看蜂鸟！妈妈！"当你看到一条五彩鳗在游动时，它那副表情就是在说："看！看我！看那只虾！吃起来嘎嘣脆！"

如果没有意外，这个我现在还能抱得动的小家伙应该就是我们的最后一个孩子了。他现在已经长大了，恐怕过了这个夏天，我就再也没法轻松地抱着他在家里转悠了。

他已经可以很轻松地挣脱我的怀抱。他终于、终于放弃了他的夜生活，我几乎都怀念起那段日子来了。我怀念我们的身体紧紧相依的感觉，偶尔我们终于可以闭上眼睛，沉沉睡去。他总是乐呵呵的，动个不停。自从他学会走路后，我给他拍的每张照片上都是同样的表情，他总是在动，总是张大嘴巴，并非在喊什么人，而是纯粹的欢喜。因为他总是在动，照片中的红色连帽衫拍糊了。即便现在，他也总是从一个房间跑到另一个房间。

他从我腿上滑下来，我的丈夫和我总要提醒他，喊他走慢一点。不过幸好，当我们穿过停车场或是过马路时，他会来抓我的手。当我们一家人在家看电影的时候，他会抓起一条毯子钻进我的怀里，把靠垫摆在我们周围："看！妈妈！我们在山洞里！"他那火柴棍儿似的小身体紧紧地靠着我，我觉得他仿佛又变回那个蹒跚学步的幼童了。哦，他还没有完全从我身边"游走"。

与儿子一起数鸟时的问题

要是我们整天都出去找鸟儿，万一我们走丢了，会有人来找我们吗？

我记得你说过上帝会照看每一只小麻雀，既然他都知道答案了，我们干吗还要数鸟呢？

这附近有洗手间吗？

你为什么不让我带望远镜来？很远很远的地方可能也有鸟儿在飞，但我们看不到它们呀，那样我们就可能会算错呀。

为什么雌性红衣凤头鸟看上去那么悲伤，而雄性红衣凤头鸟高兴得好像要参加聚会一样呢？

学校里有人说蜜蜂正在消失，要是我们看不到蜜蜂了，我们也会消失，是吗？

我不想消失，但如果我要消失，我可以和你一起消失吗，妈妈？

那爸爸呢？我不想爸爸消失。

什么是保护色呀？

要是我穿着红色的衣服，站在红衣凤头鸟后面，你还会看到那只鸟吗？还是说，你只会看到我？

但那样的话，雄性红衣凤头鸟就太惨了，他只能用一面红色的墙来打掩护了。

或者用我的红色T恤。雌性红衣凤头鸟就幸运多了！因为根本就看不见它们。

妈妈，你就像一只雌性红衣凤头鸟，因为你的皮肤是棕色的。

为什么你的保护色比爸爸的更好呢？

现在我的保护色是中间色。

等我长大了，我的皮肤可以既是棕色又是白色的吗？

为什么有些白人不喜欢棕色皮肤的人呢？

别担心，妈妈，你可以藏在森林里，那样坏人就看不到你了。你有很好的保护色。

我是一半一半的颜色，我的保护色好不好呢？

在学校里，我们必须藏在课桌下面，以防坏人看到我们。我们上周就这么做了。

这就是"戒备"！我们必须保持安静，就跟现在我们等鸟儿来一样。

为什么有人会抓小孩？

要是老鹰在我们头顶上飞，是不是因为它们觉得我们中的哪一个很好逮住呢？

附近有洗手间吗？

为什么紫荆不叫"紫色"荆呢？① 所有花都是紫色的呢。

蜂鸟会不会飞够了呀，会不会想在水里游一会儿或者漂浮一会儿呢？

它们在大海上空飞的时候会有零食吃吗？还是说，他们在天空中吃零食，假装在吃一朵花？

我认为蓝鹭很可疑。它一动不动，我觉得它肯定是在

_____

① 紫荆的英语是redbud。

找青蛙和小鱼，而它们肯定以为青鹭只是一个假的雕塑呢。

要是我看到一群红头美洲鹫张开翅膀盯着我们的房子，我会觉得要发生一些可怕的事情。

你还记得吗，上次我们看到那位女士给一只蜂鸟拴上了标牌？

我觉得蜂鸟肯定不喜欢，等它到了墨西哥，别的鸟都会嘲笑它，问它：你的脚有什么毛病哦？你还记得过节的时候，另一位女士在我的脸上画了一只鸟，那天晚上你让我把它洗掉吗？我好难过。

鸟有眼皮吗？

它们飞的时候会闭眼睛吗？

它们知道怎么朝我们眨眼吗？因为我觉得我看到过一只褐噪鸫对我眨眼，就在上个星期，我对谁都没有提起过。

附近有洗手间吗？

等到我四十岁的时候，如果还有数鸟活动，但是找不到一只鸟儿，该怎么办呢？

等到我四十岁的时候，你会消失吗？

等到我六十岁的时候，你会消失吗？

　　妈妈！要是现在树林里有一百多只绿颜色的鸟，可我们却看不见，那该怎么办呢？它们都有保护色，它们看着我们拿着笔记本，可我们却看不见它们，它们会笑，会互相说，我们数鸟都数错了，那怎么办呀？

　　鸟儿才不会笑呢。

　　但它们会互相眨眼睛，那该怎么办呢？

华美极乐鸟

在我婚礼的那天，纽约西部这座宁静的小村庄变成了一片纱丽的海洋。从来没有人在镇上见过这么多身穿纱丽的女人和衣着巴隆他加禄的男人。巴隆他加禄是菲律宾的男士正装，用菠萝纤维手工编织而成。于是我们的婚礼上了当地报纸的头版。有人送给我们一件十一二岁少年穿的巴隆他加禄作为结婚礼物。"可是如果我们没有孩子怎么办？"打开礼物时，我对丈夫叹了口气说，"要是我们没有儿子呢？"

各种颜色的纱丽悉数登场。红色、紫罗兰色、晶莹的玛瑙色，还有特别适合婚礼的青绿色。婚礼招待会就是一场色彩缤纷的舞会，DJ的便携式灯光秀下是一派流光溢彩的景象。我望着舞池，想起了华美极乐鸟——不是小极乐鸟，也不是大极乐鸟，而是华美极乐鸟。

华美极乐鸟身上有许多种颜色。它的喙就像一月份最浓重的黑夜，你试着用一支黑天鹅羽毛笔蘸上印度墨水，在黑色的美术纸上写一个字母：哦，真是太黑了。华美极乐鸟抬起它颈背上长长的黑色羽毛，就像脖颈处围着一个椭圆形的斗篷；这是整个动物王国中最华丽的表演之一。阳光下，华美极乐鸟头顶闪亮的蓝羽毛会更加夺目，在颈背后面漆黑的椭圆形"斗篷"的映衬下，就像一双蓝色的小眼睛。

这种颜色鲜艳的鸟儿生活在新几内亚，跳舞的时候能跃起约8英寸高。它主要以水果和浆果为食，但众所周知，它偶尔也吃小蜥蜴。除了在交配季节，华美极乐鸟平时都过着独居生活。这种鸟儿最令我喜欢的一点就是，雄鸟在跳舞前总会清理舞池。它会先摆好树叶或者纸片来标出舞池的边界，然后再开始上演求爱的舞蹈：它展开黑色尾羽，就像撑开一把扇子，在雌鸟面前又蹦又跳，那宽宽的水平状的青绿色条纹就像一个卡通嘴巴，在那一团漆黑的羽毛中显得十分醒目。

在我们的婚礼歌单中，"请勿播放"列表上只有三首曲子:《轻抚》《小鸡舞》和《玛卡雷娜》。我们坐在大巴车上前往婚礼现场，新郎收到我们的DJ发来的一条短信，说他得了带状疱疹，不过他让我们不用担心，因为他已经找了一个很棒的替补来，还为我们便宜了一百美元。

不出所料，放了四五首谁也没听过的歌之后，舞池里就空无一人了。大家仍然在说笑、喝酒、聊天，但没有人跳舞。我很抓狂，强装出最灿烂的微笑，对新郎小声说道："去，跟他说什么嗨曲子都可以放，从《2005》开始！"

但是太晚了，我马上听出来了伦巴的调子。

不过接下来的一幕让人惊掉下巴。喇叭里突然响起了《玛卡雷娜》这首曲子，不仅人人都在跳，而且由于这首舞曲的互动性，所有人都和身边的人一起跳。从堪萨斯州西部来的新郎的堂兄，正伸展双臂对着我那从印度来的二叔一起跳；一个披着粉色纱丽的远房表姐，正朝着我研究生时期的好友扭屁股；新郎的祖父母把手高高举过头顶，正跟着我那从纽约市过来的可爱的菲律宾朋友约瑟夫和莎拉一起跳。大家是怎么会跳这个舞的？！

1996年的《玛卡雷娜》音乐录影带就是一场色彩的

盛宴：领舞的人穿着银色紧身超短裤，戴着橙色头巾，淡紫色的头发，腰部裸露在外，脚踩厚底鞋。舞者不同的肤色构成了一道彩虹——我想这可能是我第一次在MTV上见到眉心点妆和编辫子的印度女性了。此外还有一个来自北欧的金发女郎，一个头上顶着尖发髻的东亚人，以及一个一头金发辫的妩媚的领舞。西班牙歌手安东尼奥·罗梅罗·蒙赫和拉斐尔·鲁伊斯两人都穿了一身得体的黑西装，一个打着银色领带，另一个打着青铜色领带。俩人看上去像是录完像之后就要去参加自己的婚礼似的。

　　我知道这是最糟糕的耳虫①，我知道这视频欢快得让人讨厌，我还知道现在大多数婚礼上都不放这首曲子了。但当我一提到这首曲子的时候，你的脚难道没有轻轻打起拍子？你难道没有想到那熟悉的节奏？当你一听到这首曲子的音调时，那性感的节奏难道没有让你绽放出哪怕是一丝丝的笑容？在一个充满崭新的爱与欢乐的夏天伊始，在这样一个夜

---

① "耳虫"（earworm）从德文 Ohrwurm 直译而来，它将"爬进"脑中的音乐比喻成一只虫，"耳虫"引起的这种感觉叫"认知瘙痒"，让人忍不住想去"挠"（回想）它。这一比喻形象地总结了洗脑神曲的特点。——编者注

晚，欢歌笑语、缤纷的色彩与欢快的舞步糅杂在一起，标志着一个爱情故事的开始。那是一个出人意料的结合，是堪萨斯州的广袤麦田与印度和菲律宾的热带海岸的结合。

现在，差不多十五年过去了，我们的大儿子——他也喜欢跳舞，从三岁起就一直上舞蹈课，他最喜欢的颜色也是青绿色——个子高高的，可以穿他自己那件巴隆他加禄了。必要的时候，他可以在这里——密西西比北部盛装出场。有两个大大方方热爱跳舞的儿子，真是太奇妙了！不管什么时候，当他们听到音乐，总会大胆地随着音乐扭动起来，他们甚至还会伴着旁人听不到的音乐跳起来。所以，我会问：上一次你像华美极乐鸟一样跳舞是什么时候？我的意思是，上一次你真正地扭着腰肢跳舞是什么时候？你蹦起来了吗？跳起来了吗？欢腾起来了吗？你是在街上跳的吗？你是自由自在、无拘无束地跳的吗？你跟上节奏了吗？有没有试一下你的舞蹈是让人警惕，还是让人倾心？如果只有你个人，别害怕尝试。尽管跳探戈需要两个人，但只需要一个人昂首阔步，摇晃"尾羽"，哪怕是一点点，就够了。

红点蝾螈

　　我曾饱尝搬家之苦，其中一次搬家让我伤心欲绝。那年我正读高二，在班里当班长，我家要从纽约的小镇戈迈达（这个小镇小得被人称为"村"）搬到600多千米以外的俄亥俄州郊区，我将在那里读完高中，然而我一个人都不认识。在纽约的最后一个晚上，我跟两个最要好的朋友——十五岁的阿梅里加和萨拉待在一起。我们在睡袋里哭了一晚上，黎明时分，知更鸟和莺雀的聒噪吵醒了我们。我们约定一直保持联系，并且说话算话。十五岁的年纪，每一个变化都看起来震撼人心。这次搬家似乎把我整个人都卷入一个未知的漩涡中，我真的不知道没有这些闺蜜该怎么活下去。那天早上，我卷起睡袋，跟她们拥抱道别。她们驾车离开，去肖托夸湖做暑期营地救生员，而我们一家则驱车前往俄亥俄州的新家。这两个女孩是我真正的"初恋"，真的，治疗乐队①的《情歌》就是我们的歌。我永远不会忘记，我独自坐在公园长椅上，一遍遍如痴如醉地听着便携式CD机里放的这首歌。我也不会忘记，那年秋天，我给她们写了好多信，每一封都长达数页——我在尽力留住那些过往的夏日。但是，秋风带来的丝丝寒意明明白白地告诉我，湿地动物很快就要钻到地下或者堆肥堆下面过冬了。

　　回想起童年的一次次搬家，我对红点蝾螈的理解更加深刻了。一只红点蝾螈在森林地表上历经数年时间才决定到底在哪一个池塘安家。当你像红点蝾螈一样用如此长的时间来寻觅一个家时，你就会变得更加挑剔，更加有眼光，但你永远不会变得尖酸刻薄。夏天，你有一连串的事情要做，你在脑海里描绘着一幅地图，从堪萨斯州母亲工作的

① 治疗乐队（The Cure），一支于1976年在英国成立的摇滚乐队，他们早期的作品从哥特摇滚中汲取灵感，音乐主题趋向黑暗和痛苦。20世纪90年代初，治疗乐队已成为世界上最受欢迎的另类摇滚乐队。

红点蝾螈

地方，到艾奥瓦州暂住过几个月的汽车旅馆，再到最爱的亚利桑那州的家的各条街道；你想象着经过仙人掌生长区、河床、穿过邻居的院子，经过许多州的破损的公园长椅。

红点蝾螈在幼年阶段通常被称作"水蜥"，全身上下呈明亮的橙色，身上长着带黑边的深红色斑点。对于那些想吞食红点蝾螈的动物来说，这些斑点是一种警告：一旦误食，小命不保。这些橙色的蝾螈会释放出与蓝环章鱼以及河豚身上的毒素相似的致命化学物质。多亏了这些斑点，鱼类不会去打扰蝾螈，因而红点蝾螈是唯一能与大多数水生生物和平共存的蝾螈。几年后，红点蝾螈步入成年期，这些鲜艳的颜色会变成橄榄绿，只有些许橙色斑点还留在闪闪发亮的湿漉漉的背上。

红点蝾螈离开幼年时期生活的池塘往往是在夏末，尤其是在天气炎热、一场痛快的大雨过后。在戈迈达，我在家附近的公园散步时，只需用一根棍子轻轻拨开潮湿的糖枫落叶，基本上总能在落叶底下发现糖果色的蝾螈。这些蝾螈在地面上探索了两到四年之久，在落叶堆下，在密西西比东部森林中的泥泞地带附近茁壮成长，大多数蝾螈都知道如何回到它们最初的栖息地，回到孵化出它们的池塘。印第安纳州的科学家最近发现，蝾螈能感知地球的电磁场，借此找到回家的路。科学家把几只蝾螈从它们栖息的池塘里捞出来，放进水箱，运送到45千米以外的地方。每一只水箱都用电磁铁进行了改装，进而使这45千米的路程感觉仿佛是往南或者往北走了200千米。每一次的实验中，蝾螈都会聚集在水箱的某一侧，头朝着它们栖息地池塘的方向。

蝾螈是少数体内含有铁磁性矿物的两栖动物之一，加之对阳光和星光的惊人记忆模式——这些记忆能帮助它们回到最初的家——因而它们具备了可与鲑鱼媲美的出色导航能力。尤其令人叹为观止的是，在这个天生的指南针的指引下，蝾螈总是待在距离栖息地十八个足球场的范围以内，距离栖息地不会超过两千米远。

我的归巢本能比我想象的更加强烈。十几岁时我就离开了纽约西部，十年后，在威斯康星州的麦迪逊，我结束了为期一年的带薪研究。我扫了一眼对新人开放的学术职位，当看到离老家不远的地方有一个工作岗位时，不禁眼前一亮。我知道申请成功的希望不大，但我还是申请了，

红点蝾螈

尽管当时我身在麦迪逊，正开车绕着当地的书店和咖啡馆找工作。我想做咖啡师、英语教授——我居然有胆子梦想找到一个终身职位的工作，我都感到不好意思了——我只知道，我既想待在教室里，也想有时间在户外写作。

面试结束几天后，我接到了那通欢迎我回家的神奇电话，于是，我又回到了纽约西部，在那儿一待就是十五年。我在那里嫁了人，生了孩子，但那儿并不是我永远的家。尽管我和我的好友还保持着联系，但他们早就离开那里了。我依然是城里少见的棕皮肤人。每当在邮局门口碰到熟人时，他们会问"我的人"如何如何，"我的人"指的是菲律宾人和印度人，我很烦这个；我也很烦人们在杂货店里突然对我说"纳马斯特"；我提出希望校园里可以多元文化共存，却感受到职场上与日俱增的敌意；我也很讨厌自己是朋友圈中唯一一个棕皮肤的人。最让我不爽的是，十五年来，每逢冬天，在大湖效应的影响下，我都要顶着暴风雪在路上行驶。我在这里待够了，得另寻栖身之所了。

隆冬时节，即使湖面已经封冻，有时仍能看到冰面下方活跃着一只红点蝾螈。在天气最冷的时候，我总是幻想着如何把家迁到别的地方去。有时候我不禁好奇，如果在纽约最寒冷的季节看到这样一只蝾螈，我会怎么样。我想，如果见到这些橙色尾灯似的斑点，也许会让焦躁不安的自己平静下来；我也许会联想到，无论那个栖息地池塘多么寒冷，总有一天会春回大地，冰雪消融。我想，它也许在提醒我，在这种时候一定要怀有希望和信心。我的父母移民到这个国家，一直教我在不同的地方寻找身心的安顿之所，无论我在这个国家的哪个地方，无论我信任的人是否让我失望，我都要怀抱希望，营造出家园的感觉。

我一直都很有办法，我不需要依靠电子产品来逃避现实。我只需要换个地方，换个环境。经历了又一个严酷的冬天后，夏天终于来了，穿凉鞋、吃烧烤的日子又回来了。后来，那年夏天——就像红点蝾螈一样——我们夫妻俩感受到了一种回家的召唤。不过跟蝾螈不同，这次我们没有选择那个安全的、可预期的、可以称之为家的唯一地方，而是冥冥之中被召唤着去了一个崭新的世界：密西西比。当我们踏上牛津市的土地，推开房门的第一天，我就感觉到了身体里的一种变化，就像我体内的小小磁铁突然整齐地排成了一列——我终于到了我应该来的地方。我本能地感觉到，是强烈的归家本能带领我来到了这片土地，我们要去探索这里新奇而令人兴奋的风景——那蔚蓝的天空、浓密的野葛以及蟋蟀的吟唱。

食火鸡

　　食火鸡的头部和脖颈处长着如警车顶灯一样亮丽的红色和蓝色，让你想起丛林中的狂欢节，仿佛处处彩带飘扬。食火鸡从头到脚都长得很滑稽——裹在身上的黑色羽毛就像顶在一双腿上的黑色假发套，那双腿长得跟爬行动物的一样；一双气球似的焦糖色眼睛让你想起六岁小孩的涂鸦。食火鸡的步履异常沉重缓慢，就好像它忘记了舞步，在努力回想怎么走似的。不过，千万别低估了食火鸡——它是地球上已知的唯一会杀人的鸟儿。

　　最有名的一个例子，是佛罗里达的一名男子养了一对食火鸡作为宠物。2019年的某一天，该名男子在检查雌食火鸡刚产下的一枚青柠色鸟蛋时不慎摔倒，这一摔把雄火鸡吓了一跳，它立马跳到主人身上，锋利的爪子撕裂了主人的身体致其死亡。关于这双"凶残的脚爪"，鸟类学家欧内斯特·托马斯·吉拉德在他1958年出版的一本书中写道，"切断一条胳膊或者给人开膛破肚都不在话下"。不过这双利爪通常只有在涉及吃食时才会派上用场。比方说，食火鸡习惯了人类的投喂，就会抱着期待去接近人类，如果遭到了拒绝，它就会使出浑身解数，用利爪对人一通狂劈乱砍，刺穿、撕裂对方的身体。要是这一切不幸发生在你身上，那么在你失血死亡前，在这个世界上见到的最后一幕，将是食火鸡那蓝脖子的猛烈攻击，以及它喉部的苹果红肉垂，像钟摆一样在你眼前来回摆荡。

不过，让食火鸡格外与众不同的是它头上的角质"头盔"。食火鸡头顶上深色硬质的角质蛋白"头盔"会随着年龄的增长而长高，最终可达7英寸高。这个角质盔能放大森林中的声音，帮助食火鸡识别周围环境中的声响。即便森林里没有一条清晰的道路，在这个角质盔的帮助下，食火鸡也能以约每小时48千米的速度奔跑。食火鸡奔跑的时候低着头，所以它的角质盔就起到了头盔的作用。最近科学家还发现，生活在晚白垩纪时期的一种恐龙——趾高气扬的杰氏冠盗龙（*Corythoraptor jacobsi*），其骨架跟食火鸡的骨骼构造极为相似，尤其是二者的头冠，简直一模一样，这更坐实了食火鸡的外号：活恐龙。

在鸟类中，食火鸡的体形仅次于鸵鸟。雌性食火鸡的身高可达5至6英尺，比雄性食火鸡要高，而且雌性的脖颈有着更加艳丽的蓝色。食火鸡可以跳到7英尺高，不喜欢猫狗，也不喜欢马，原因不详。它们主要以果子为食，热带雨林中的数百种果实都是它们的食物，它们会将果实囫囵吞下，不过你会发现，在新几内亚和澳大利亚东北部的野外，食火鸡也吃桃金娘花或青蛙。食火鸡的饮食习惯也能让果树获益：科学家发现，澳大利亚有一种非常珍贵的穗龙角属的树，它的种子就很可能在食火鸡的肚子里游历了一番后落地生根、发芽。不过，即便食火鸡的这种自然习性对其生存环境有利——可谓对自然的回馈——食火鸡的自然栖息地中也只有20%得以保留下来。

许多食火鸡都死于车祸，因为它们会在紧邻公路的地方觅食。在澳大利亚，被车撞死的食火鸡的数量持续攀升，

食火鸡

因此交通运输部门设计了特别的黄色警示牌，牌子上绘有醒目的食火鸡图像，还有一辆即将腾空跃起的汽车，车的挡风玻璃已经破裂，牌子下方的红色条纹上写着警示语："超速行驶已致食火鸡死亡"。

事实上，知道这种奇异鸟类的人并不多。玩具店里的货架上摆着一排排可爱的毛绒玩具，但都是些小熊、小兔子，并没有食火鸡毛绒玩具。也几乎没有人嚷着要买印有食火鸡图案的衬衫、装饰院子的食火鸡形状的塑料饰品，或者印着食火鸡图案的浴帘，通常人们想要的都是印着火烈鸟图案的用品。食火鸡很难在动物园里饲养，因为要想饲养食火鸡，就必须重新打造一个热带雨林环境，给食火鸡提供充足的奔跑空间，最好还要给它们提供游泳的地方，而且，食火鸡都喜欢独来独往，区区一只鸟就要搭上那么多的空间和金钱，成本太高了。

不过，我琢磨着，我们可否为那些因为人类活动而导致其栖息地减少的动物，为那些我们没有见过和听说过的动物建造一个动物园或者水族馆，以此来表达人类的同情？在所有已知的鸟类中，食火鸡能发出最低频率的鸣叫，人类的耳朵听不到这种叫声。然而，当它们在茂密的森林中鸣叫着相互传递信号时，保护区管理员说，即便他们听不到食火鸡的叫声，他们也本能地感觉到了。我们听不到食火鸡的叫声，但我们的确可以感觉到它们的存在。食火鸡是一种古老的鸟儿，有着迷人的外表，还有智者般的眼神，仿佛在提醒我们，有朝一日，它们会从我们身边消失。

交通信号灯提醒我们要小心——保护好自己和他人——要遵守交通规则；如果说食火鸡脖子上的蓝色和红色也是对人类的一种提醒和警示的话，那么我们该做点什么呢？一个简单的事实是，这种体形魁梧、性情奇怪、羽毛艳丽的鸟儿是"基石物种"①，这意味着，澳大利亚的雨林需要借助食火鸡来维持生物多样性，然而食火鸡却正因人类而走向灭亡。

"我本能地感觉到"，这句话的意思等于"我知道这是真的"。如果食火鸡著名的低鸣声是大自然在要求我们以

---

① 基石物种是在群落中与其他物种相互影响，并决定其他许多物种生存的物种。基石物种的存在与否直接影响相同生态环境中其他生物的多样性。

食火鸡

一种不同的方式去注意到它们，我们该怎么做？如果大自然不仅要求我们去欣赏和赞叹食火鸡引人注目的外表和可怕的脚爪，而且要求我们去感知它们的存在，我们该怎么做？假设那在我们体内震荡的低鸣是在提醒我们万物互联，那就意味着，如果食火鸡的数量减少，果树林木的扩张程度也会随之减小，接着就是数以百计的动物和昆虫成为濒危物种。我想发出那低沉的鸣叫，告诉西耶斯塔岛上的人，我坐在海滩上看到他们把薯片袋扔进了马尾藻①丛中。我想发出那低沉的鸣叫，告诉我前方那位行驶在6号公路上的卡车司机，他把一只快餐食品包装袋扔出了窗外，然后又扔出了两枚还没熄灭的烟蒂。我想发出那低沉的鸣叫，告诉尼亚加拉大瀑布国家公园里的那一家人，他们把喝完的塑料水瓶放在长椅上，就只为了看那两只瓶子滚落坠入瀑布中。瞧见了吧，我们彼此相联。我想发出那低沉的鸣叫。

---

① 马尾藻，一种沙滩灌木。

帝王蝶

在苏必利尔湖上方有一个地方，迁徙的蝴蝶飞到这里就会突然转向，人们对此一直疑惑不解，最后，一位地质学家找到了原因：原来数千年以前，就在湖面上方的这个位置，有一座大山。时至今日，这些蝴蝶及其后代仍然能够准确地记住它们从未见过的这座山，声波到这里中断，它们调转方向飞走。那么，这些蝴蝶是如何将这座看不见的山的信息代代相传的？是，在那些最初的狂野的夜晚，它们在蛹内蠢蠢欲动时，通过歌声传递了这个信息？还是，当它们破茧而出在晨曦中张开双翅时，发出的声响道破了天机？抑或，散布在草地上的马利筋①用耳语向它们透露了这个秘密？

　　也许这是最荒凉的记忆：改变它们行为的竟是远古时期的一次轻轻碰触，提醒它们前方有障碍物，而那障碍物就像苏必利尔湖的那座山，其实早已灰飞烟灭。也许，在遥远的将来，会有一个声音，比如我自己的声音，会在我的曾曾曾曾曾孙女耳边回响——她无法辨认那是什么声音，她叫不出名字，但那声音一直挥之不去，让她无法自已。这就像用手碰一下黏黏的松针那种特别的感觉，手上留下淡淡的白色，只有在黄昏时分才会看到。

　　一次看不见的碰触是这样的：你的记忆以及留存在你心头的东西，并非来自某个单独的脚本或者场景，也许是来自以前一段萦绕心头的记忆，就好比我第一次在晶洞里发现紫石英时所感受到的震撼和惊喜一样。那一次在我儿子的恐龙主题的生日聚会上，我第一次打碎了一个晶洞。

---

① 马利筋，又称乳草、萝藦科、马利筋属，宿根多年生草本植物，原产于热带美洲地区，现广植于世界各热带及亚热带地区，全株有毒，但帝王蝶的幼虫以其叶片为食，所以园艺上常把马利筋用作引蝶植物。

我把打碎的晶洞装进一只袜子里，这样碎片就不会飞出来伤到眼睛。我小心地敲了几下，然后用力把晶洞砸碎。我已经做好了失望的心理准备，心想袜子里肯定只剩下一堆灰尘和碎屑了。可是，当把这些碎屑倒进手心时，我简直不敢相信自己的好运——倒出来的居然是一堆亮晶晶的紫水晶——霎时，我仿佛回到了九年级的科学课堂上。我记得，当时我们在考试，考试内容是根据莫氏硬度辨认矿物。大家都知道，根据莫氏硬度标准，滑石是最软的，而金刚石是最硬的。不过，最吸引我的是石英石，我把石英石拿在手里翻来覆去地看，琢磨了很长时间，我甚至在大家都没注意到的时候舔了舔，嗯，那味道像篝火的烟。

几年前，在密西西比州的家里，屋子前廊门口突然出现了一只美丽的青柠色的蛹，我们一直密切关注着它的动态，在夏天快要结束的时候，它依然没有动静。我们夫妻俩以前从没接触过这东西，所以我们选择跟以前一样——不知道怎么做父母时，就什么都不做——只是静观其变。蛹壳已经变得快透明了，我们的儿子可以看到蛹里熟悉的身影，只见帝王蝶的翅膀整齐地收拢在一起。他们早晨醒来的第一件事就是去看那只蛹，放学回来也会迫不及待地去检查，睡觉前还要再去瞅一眼。我的花友们说蝴蝶还需要一周才会出来，我们等了两周，然后到了第三周，还是没动静。我还不止一次地看到小儿子蹲在地上，对着那个蛹说话，鼓励它，就好像蛹里的帝王蝶在跟谁赛跑一样："加油，你能行的！你不想出来吗，小蝴蝶？我们有好多马利筋给你吃呢！"

蝴蝶对我的儿子们而言总是有着特殊的意义。在我大儿子读幼儿园的时候，他就特别喜欢蝴蝶，他会央求我给他播放 YouTube 上的视频，看蝴蝶破茧而出，就连那复杂的蜕变过程的解说词，他都能一字不落地复述出来。在他乖巧的整个小学期间，他唯一一次在学校里惹的麻烦就是，班里有个同学对他说只有女孩子才会喜欢蝴蝶，所以他就做了所有蝴蝶爱好者都会做的事——他说，闭嘴，蠢货。当然了，老师只听到我儿子在发飙，结果我就被请去了校长办公室，我替我儿子辩护，这也是唯一一次。不过，我说着说着就跑题了，我的意思是：帝王蝶对我们一家人而言都有着很特殊的意义。结婚后，我们住过的每一所房子周围都长着许多马利筋以及其他引蝶植物。事实上，我们来到密西西比州后，我们在花园里种下的第一种植物就是绯红的马利筋，马利筋长得高高的，颜色艳丽，它那红橙相间的花朵就像宴会中的彩色纸屑一样，在高高的枝头上招引着蝴蝶。

那只蛹后来也没有孵化出来。一天晚上，我听到小儿子在祷告的时候念叨着这只蛹，但是后来就再也没有提过它了。最后，趁儿子们出门去上学时，我丈夫把蛹扔掉了，孩子们谁都没有问它去哪儿了，但我知道他们肯定注意到蛹不见了。他们似乎明白了我们夫妻俩早已经明白的事实：就算有翅膀，也不一定能顺利飞翔。

萤火虫（新）

　　这是我们在格里沙姆别墅的最后一周。这座别墅坐落在密西西比州牛津市郊，占地77英亩[1]。本学年，我们在这里住了十个月。我们一家人很可能再也没机会享用这片广袤的土地了，所以很多时候我们都待在户外。我们夫妻俩很想继续待在这个地方，其中一个原因就是我们可以花更多的时间欣赏这个小镇的户外美景。密西西比州北部这个郁郁葱葱、绿意盎然的地方，被当地人亲切地称为"天鹅绒沟"。

　　在这里的最后一周，最让我们高兴的就是这里的萤火

---

① 1英亩约为0.4公顷。——编者注

虫多得数不清。将别墅的灯全都关掉后，起初我们什么都看不到，不过，当神奇的荧光点亮了潮湿的五月夜空，我们的耐心终于获得了回报。过去这一年，在如此辽阔的天空下，没有迎面而来的汽车，也没有光污染，我的两个儿子有生以来头一次可以如此清晰地观察星星。他们可以轻松地辨认出星座，在亚利桑那州时，我就看到他们的爷爷教他们辨认星座。他们认识银河，那条闪烁着无数星星的河流银光流泻，让他们惊叹不已。他们才不想回到屋内呢。睡觉的时间早就过了，他们依然看不够，想继续凝望星空。我的小儿子搂着我的腰说："求你了，妈妈。"我说："好吧。"他们快乐地尖叫着，一头扎进黑暗中，一路奔跑回被萤火虫照亮的野地里。我怎么忍心对他们说不呢？

奇迹就是这么来的：需要一点耐心；需要你恰逢其时、恰在此地；需要你足够好奇，为了发现真正的世界而放下那些令你分心的东西。在全国诗歌月的活动上，我负责教来自全国各地的小学生，有时候我会谈起萤火虫，会回想起待在户外的那些记忆和那些细腻的感官体验。然而，不久前，一个班里的22名学生中有17名学生说他们从没见过萤火虫，他们觉得我在开玩笑，认为我杜撰了一种昆虫。所以我问道，晚饭前的黄昏时分，他们在玩什么。想起我的童年，我踢球、玩捉人游戏、骑自行车，什么都玩，真的，一直玩到父母拧亮门廊灯。可现在这些学生最普遍的回答就是：玩视频游戏、看电影。换句话说，他们总是待在室内，而且总是坐在电子屏幕前。

2019年，对中西部和东海岸很多地方的萤火虫来说，是兴旺的一年。那年春天的湿度恰到好处，而冬天又不太冷，所以在六月中旬到七月中旬，萤火虫的高峰季节，可以看到壮观的萤火虫"灯光秀"。不过，别误会，科学家们坚称，尽管某些异常年份会出现萤火虫数量超高的现象，但总的来说，由于除草剂和光污染的影响，其实这两千多种萤火虫的数量在持续减少。由于萤火虫数量减少，世界各地的艺术家似乎都开始有意捕捉萤火虫的美，也许是想在将来用这种美提醒我们，曾经我们拥有这么多的萤火虫。

人们用各种方式捕捉萤火虫的美，其中我最喜欢的是来自日本摄影师平松常明的作品。他用延迟拍摄技术，曝光八秒，拍摄了夏夜野外萤火虫聚集的情景。他用数码技术将一些照片进行叠加，结果这些照片上的景色很容易让人误以为是希腊北部岛上或者南印度的夜空。在平松常明的摄影作品里，天地同辉，蔚为壮观。

那一天，我感到很悲伤，因为我不得不播放一段在线视频，来向孩子们证明世界上的确存在萤火虫这种生物，并让他们看看夜幕中萤火虫飞舞的田野景象。22个人的班级里居然有17个人从没见过萤火虫，甚至连听都没听过。他们更不可能抓过萤火虫，把萤火虫放到空瓶子里，他们汗涔涔的手心里从来就没有出现过一闪一灭的萤火。但其实他们的学校就位于一个郊区小镇，萤火虫常常会在人烟稀少的路边涌现。无知的不仅仅是这些孩子。在大学的写作课堂上，当被要求描写环境时，我的学生中能把枫叶与橡树叶区分开来的人也越来越少了。无论是小学生还是大学生，都越来越不了解户外世界，这绝非巧合。

当你渐渐长大，却不知道这么多不同品种的萤火虫的名字时，你失去了什么？当你没法说出这些名字：影子幽灵、响尾蛇、佛罗里达精灵、马克先生、小灰灰、暗闪列

萤火虫（新）

车、得克萨斯小家伙、单闪、树梢闪光灯、七月彗星、热带旅行者、圣诞灯、慢蓝、小露西、调皮的沼泽小精灵、鬼祟小精灵，还有我最喜欢的惊悚萤火虫与摇摆舞者萤火虫时，你失去了什么？

所有这些名字，无人知晓，就像成千上万只萤火虫在经历了孵化期、幼虫期，化蛹，破壳而出长出翅膀后保持着沉默，决定不再点亮那黄绿色的萤火。萤火虫为什么不再闪光了，这个现象从什么时候开始出现的，科学家还不甚了解。尽管在杂草丛生的野外可能有许多萤火虫，但这些年来，萤火闪烁的间歇时间变得更长了，萤火也没有那么密集了。不过，鸫鹟的歌声依然让人惊叹。我仍然需要了解、记住每年新发现的这些本土昆虫的名字。

每天都有关于气候变化的可怕新闻和其他动物或植物从地球上消失的报道，我们该从哪里开始关爱现存的生物呢？你能想象我们回到一个对身边的树都如数家珍的地方吗？在那里，"一只鸟"飞过一片沾满露水的草地，当我们能说出它的名字时，它就变成了更加具体的、可以把握的——褐鸫；或者，"那棵大树"——黄金树。也许，当我们不知从何做起时，最好的做法就是从微小处开始。从我们儿时喜欢的那些东西开始，看看这一份喜欢将我们引向何方。

对我来说，一只萤火虫的意义在于：它能点亮我以为早已遗落在长满蕾丝花和一枝黄花的路边的回忆——在远处家中的窗边晾凉的一个桃子馅儿的馅饼；它会让我觉得我又要跟心爱的人聚会了——我们在希腊岛屿的海边用餐，一起听蝉鸣，听微风从含羞树间沙沙吹过；它的闪光就像一扇传送门，带我穿越到祖母家的后院，聆听三声夜鹰的鸣叫；它把我们送回一条冰凉的小溪流，我们把裤腿卷到膝盖嬉戏打闹，直到浑身打着冷战，累得气喘吁吁，脚趾皮肤全都起皱了才罢休。萤火虫的闪光让我慢下来，感觉到一种温柔。听，那低沉的鸣叫，你能听到吗？食火鸡仍然在努力向我们倾诉。听，那低沉的鸣叫，你听懂了吗？萤火虫也是，这样一朵小小的光，却身负重大的使命。萤火虫的光很可能就是一个契机，提醒我们做出必要的改变，来一场突然而彻底的变革，要去珍惜这个宏伟而神奇的星球。听，这低沉的鸣叫。你也许觉得这是心跳声，你自己的心跳声，一个孩子的心跳声，其他人的心跳声，抑或别的物种的心跳声。慢下来吧，也许你就会觉得这声音是爱。是的，你的感觉没错。

致谢

本书的部分文章是为一年一度的梅里德尔散文写作项目（Meridel Le Sueur Essay）所作，发表在《水石评论》上。该写作项目旨在纪念明尼苏达州作家梅里德尔·勒叙厄尔的写作与贡献，她的写作关注社会正义，她的笔触深入广阔的世界。

2015年，以刊登女性幽默文章为主的吐司网（The Toast）推出一则持续两个月的题为《万物奇迹》（World of Wonder）的专栏，该栏目由罗克珊·盖伊策划，妮科尔·钟编辑，本书中的许多重要文章的核心内容就首次发表在这个网站的专栏里。

另外一些文章或者文章中的部分内容发表在以下文学

致谢

网站和期刊上：

《1966：非虚构创意写作期刊》:《鲸鲨》

《熟练期刊》:《火烈鸟》

《简洁》:《灰色玄凤鹦鹉》

拼贴画网站（The Collagist）:《栉水母》

《图解》:《独角鲸》

《生态神学评论》:《软帽猕猴》《跳舞蛙》

《过渡带》:《雨季》《孔雀》

《佐治亚评论》:《仙人掌鹩鹁》《章鱼》

南方美食联盟杂志《肉汁》:《火龙果》

绿色和平网站（Greenpeace.org）:《与儿子一起数鸟时的问题记录》

《格尔尼卡》:《帝王蝶》

疯狂三月网站（March Xness）:《华美极乐鸟》

《密西西比评论》:《林鸥》

全美书评人协会博客:《日历诗艺》

《师范学校》:《萤火虫》

《牛津美国人》:《卡拉卡拉脐橙》

《仙纳多瓦》:《含羞草》《黄金树》

《石头独木舟》:《日历诗艺》

《太平鸟》:《五彩鳗》

《地形》:《巨魔芋》

《三季度》:《食火鸡》《萤火虫》

我曾说过，我的书是在爱与奇迹中诞生的，我希望现在你手上的这一本就是二者最完美的结合。深深感谢以下各位的支持：

感谢我的好友、家人们：约瑟夫·奥·莱加斯比、萨拉·甘比托、奥利弗·德拉帕斯、乔恩·皮内达、帕特里克·罗萨尔。除了你们，我都不愿跟别人一起吃哈啰哈啰①（配焦糖饼）！感谢马克·施泰因瓦克斯、莎伦·翁、埃米莉·范德特以及整个范德特家族、范韦森贝克一家、贾里德·威尔逊、德布·克内贝尔、萨拉·萨瑟兰、阿梅里卡·麦卡拉、曼加纳罗一家、克里斯托弗·巴肯、艾利森·威尔金斯·巴肯、纳塔莉·巴科普洛斯和希腊写作工

---

① 哈啰哈啰（halo-halo），一种菲律宾甜品，各种食材与碎冰混合在一起，类似刨冰。

致谢

作坊的全体同仁，感谢你们让我在需要独处的时候享受独处，需要大海的时候面朝大海。感谢和我一起进餐的朋友，感谢你们的喝彩，感谢帕森斯一家、琼·德罗莎、阿德里安·马泰卡、马特·德拉佩尼亚、曼加纳罗一家、梅里迪丝·布鲁斯及其家人、卡韦赫·阿克巴尔、佩奇·刘易斯、帕特里克·菲利普斯、卡米尔·邓吉、阿达·利蒙、肖恩·希尔、莱斯利·惠勒，尤其感谢基泽·莱蒙，他为这些文章的问世照亮了道路。感谢罗斯·盖伊，或曰"小扁豆"，他阅读了本书最初的草稿。感谢贝丝·安·芬内利，她手中的妙笔和堆满食物、饮料的书桌，以及友谊，对我而言是一个闪亮的奇妙世界。

特别感谢罗克珊·盖伊和妮科尔·钟，感谢他们为这些小奇迹开了绿灯，成了第一批读者。感谢丽塔·达夫、帕特里夏·史密斯、杰西·李·克切瓦尔、埃米莉·史密斯、卡特里娜·范登堡、已故的布赖恩·道尔、尼克·里帕特拉宗、安娜·莉娜·菲利普斯·贝尔、杰夫·肖茨、马修·加文·弗兰克、利娅·沃尔夫、斯蒂芬·丘奇、安德·蒙森、克里斯蒂娜·奥尔森、埃琳娜·帕萨雷

167

洛、罗宾·赫姆利、李·马丁、里戈韦托·冈萨雷斯、乔治亚·考特、戴维·奇蒂诺一家，还有克里斯托弗·罗兹，他是最初启发我想法的人。

感谢密西西比大学英语系和文学院的同事和同学们，向你们献上一大枝白玉兰花！感谢约翰和勒妮·格里沙姆为我提供了足够的空间，让我在自然中漫游与思考。感谢妙不可言的麦克道尔文艺营，本书许多内容就是在那儿郁郁葱葱的树林中修改和润色的；感谢非营利组织昆迪曼、肖托夸文学社、哈姆林大学、《猎户座》杂志团队、铜峡谷出版社、朱迪·布劳斯和北美环境教育协会、亚利桑那大学诗歌中心，以及内华达大学雷诺分校创意写作艺术硕士杰出常驻作家项目。感谢艺术家静修组织为我提供的时间和空间，让我能在海边写下这些散文。感谢佐治亚水族馆、蒙特利湾水族馆和莫特海洋实验室。感谢密西西比艺术委员会的慷慨资助，还有蓝花艺术的杰出团队，以及全世界我最喜爱的书店——广场书店，感谢他们对我的大力支持。感谢尊敬的埃迪·雷斯特牧师和克里斯·麦卡利利牧师。感谢富米·纳卡穆拉的插画，她灵巧的画笔让这些植物和动物栩栩如生，跃然纸上。感谢整个马利筋团队的成员：扬纳、乔伊、玛丽、李、汉斯、米根、香农、艾利森、贝利、朱利安，尤其感谢丹尼尔·斯莱格，他从一开始就展现出远见卓识、无尽的热情和耐心！

感谢我的丈夫达斯汀，你是最先相信这本书和我的故事的人。你的爱是我生命中最美妙的奇迹——我的写作和整个世界都因为你而变得开阔。

感谢帕斯卡和贾斯珀——这些写给世界的情歌，是我为你们而写的，是写给你们的，也是在想你们的时候写的。你们那金子般的心、欢快的笑声和可爱的足印是我最珍爱的奇迹。

感谢我的爸爸妈妈——你们是我最早认识的诗人，也是最了不起的讲故事的人，感谢你们常常把我带到图书馆，更感谢你们让我在户外玩耍和漫游。

图书在版编目（CIP）数据

六角恐龙的微笑/（美）艾梅·内茨库玛塔尔
（Aimee Nezhukumatathil）著；王巧俐译.—上海：
文汇出版社，2023.12
ISBN 978-7-5496-4138-3

Ⅰ.①六… Ⅱ.①艾… ②王… Ⅲ.①散文集—美国
—现代 Ⅳ.①I712.65

中国国家版本馆CIP数据核字（2023）第213883号

上海市版权局著作权合同登记号：图字09-2023-0972

六角恐龙的微笑

作　　者/［美］艾梅·内茨库玛塔尔
译　　者/王巧俐
责任编辑/戴　铮
装帧设计/汤惟惟
出版发行/**文汇**出版社
　　　　　上海市威海路755号
　　　　　（邮政编码：200041）
印刷装订/上海中华印刷有限公司
　　　　　（上海市青浦区汇金路889号）
版　　次/2023年12月第1版
印　　次/2023年12月第1次印刷
开　　本/889毫米×1194毫米　1/32
字　　数/98千字
印　　张/6
书　　号/ISBN 978-7-5496-4138-3
定　　价/59.00元

出　　品：贝页

总策划：李　菁

责任编辑：戴　铮

版权合作：黄莹儿　王　宣

特约策划：杨俊君

特约营销：李希晨

特约编辑：任秋夙

装帧设计：汤惟惟

投稿请至：goldenbooks@gaodun.com

采购热线：(021)31146266

　　　　　136 3642 5302